KB057571

어쨌든,

잇태리

어쨌든, 잇태리

박찬일

It'alyEat-aly!

난다

원풍서, 박찬윤,

두 분의 한없는 사랑에 바칩니다.

차례

고백건대,
나는 바티칸도 가보지 않았다

나는 이탈리아 관광국으로부터 보수를 받아야 한다고 생각하는데, 그럴 이유가 충분히 있다. 펄펄 끓는 불판 앞에서 파스타 하나 제대로 못 볶는 요리사들을 그릴용 부젓가락으로 지지거나, 티라미수를 잘못 만든 제과사를 재료 낭비 죄로 검찰에 고발하는 와중에도 주변 사람들의 이탈리아 관광 문의에는 친절하게 대답하는 까닭이다. 그 전화기 너머 인간들은, 내가 그 난리 통에 손에 줄줄 흐르는 기름을 수건으로 닦고 전화를 받는 수고를 하고 있는지 알 리 없겠지만. 아, 물론 육두문자로 요리사들을 혼내다가 갑자기 전화를 받으면 “아이고 웬일이십니까” 하며 급 친절 모드로 돌변하는 내 이중인격까지 폭로되는 비용을 어떻게 할지도 고민해주길 바란다. 로마의 힐튼 카발리에리Cavaglieri 호텔의 일주일짜리 숙박권에(물론 부속 식당인 미슐랭 쓰리 스타에 빛나는 라 페르골라La Pergola의 점심과 저녁 식사권을 포함하여) 서비스가 형편없기로 소문났지만 국적기인 알리탈리아 일등석 두 장 정도는 보내주시는 게 예의가 아닌가 생각한다. 물론, 알리탈리아 티케팅을 할 때 이탈리아인 창구 직원이 남편과 대판 싸운 다음날이거나, 아침 에스프레소가 마음에 들지 않았던 날이 걸리지 않기를 바라야 하지만 말이다.

어쨌든 전화기 속의 그 인간들은 그 바쁜 저녁 시간에 전화를 걸어놓고 서론부터 길게 시작한다. 고기가 숯덩이가 되든, 파스타가 불어터지든 자기랑 아무 상관이 없으니까.

“으흠…… 이번에 어찌어찌 이태리에 가게 됐어. (왜 프랑스는 불란서라고 하지 않는데, 이탈리아는 꼭 이태리지?) 좋은 호텔 한 다섯 군데 주소랑 전화번호, 맛있는 식당 일곱 군데, 아, 이건 네 전공이니까 특별 예약을 좀 따로 부탁하고 주방장에게 미리 전화 좀 넣어줘. 내 친구가 가니까 잘해달라고 말이야. 아, 그 식당들 와인 리스트는 미리 메일로 좀 받아볼 수 있겠지? 그리고…… 알리탈리아 타고 갈 건데 현지 직원 아는 사람 없어? (있지, 아무렴 있고말고. 남편하고 대판 싸운 그 직원 소개해줄게.) 올 때 짐이 오버될 것 같아서. 이태리도 '유두리'가 있는 나라라며? 독일 쪽 애들은 얄짤이 없더라구. 1킬로그램까지 다 추가 요금이야. 아참, 근데 어디어디를 가면 좋지? 대도시가 아니라면 구글 어스를 첨부해서 길 헷갈리지 않게 메일링 좀 해주고 현지에 똘똘한 후배 없나? 가이드 부탁하게. 근데 이태리 피자는 짜다며? 좀 안 짠 피자집은 없나? 응, 그렇구나. 그래그래. (10분 경과.) 뭐? 파스타 다 불어터진다구? 야, 미안하다. 그래도 친구 하나 있는 거 이태리 간다는데 니가 힘 좀 써줘야……"

영업 손실을 마다 않으며 짜지 않은 피자집까지 소개하는 내 수고를 이탈리아 관광국에서 전혀 몰라준다는 건 아니다. 간혹 어떻게 내 얼굴을 알아보고 로마 공항 출국 심사원이 여권도 보지 않은 채로 "통과!"를 외치니까 말이다. 이럴 경우 이 직원은 대개 휴대폰으로 누군가와 통화하고 있다. 이탈리아 공무원은 근무중에 반드시 아내나 여자친구와 전화 통화를 하도록 근로 계약이 되어 있는지도 모른다.

그런데 이런 친절(?), 안 베풀어주는 게 나을 뻔한 때도 있다. 출국 기록이 없으니, 다음에 입국할 때 여권을 유심히 보면 아주 오랫동안 이탈리아에 머문 것처럼 오해하기 딱 좋다. 다시 말해, 하지도 않은 불법 체류 증거가 될 수도 있는 거다. 불법 체류를 했던 경험이 있는 사람으로서는 약간 소름 끼치는 상황이 올 수도 있다는 걸 떠올리게 된다.

사실, 친구들은 이탈리아의 상세한 안내를 원한다(은밀하고 유혹적인 밤 세계도 포함해서). 내 머리통을 열면 『론리 플래닛』이나 『세계를 간다』보다 좋은 정보가 줄줄 흘러나올 걸로 생각한다. 내가 거기 살았다는 것이 이유다. 그건, 좀 멍청한 예단이다. 나는 이탈리아에서 학생이나 노동자로 살았으니 관광지에 대해 알 턱이 없다. 생각해보라. 서울에서 노동자로 사는 파키스탄 출신 모하메드 씨에게, 그의 고국 친구가 7박 8일짜리 한국 여행 코스를 짜보라고 하면 어떻게 될 것 같은가. 고백건대, 나는 바티칸도 가보지 않았다. 당연히 미켈란젤로의 〈최후의 심판〉을 보지 못했다(그런데 그게 정말 거기 있긴 한 건지). 우피치 미술관도 제대로 구경해보지 못했다.

아니, 어떻게 〈최후의 심판〉을 보지 못했다는 거야? 그러나 나를 비난해서는 곤란하다. 모하메드 씨가 중앙박물관이나 불국사를 가볼 일이 없는 것과 마찬가지이기 때문이다. 그들을 멱살 잡고 "왜 아직도 국보 제8호 성주사낭혜화상백월보광탑비를 보지 못했소!" 하고 항의한다는 게 말이나 되느냐. 참고로, 이 국보 8호는 충남 보령시에 있다고 한다. 국사를 곧잘 했던 나인데도, 이런 국보가 있는 줄은 금시초문이다.

〈최후의 심판〉이나 〈피에타〉 같은 어려운 작품 대신 남대문시장이나 평화시장, 홍대 앞 같은 서민적 공간은 잘 알고 있는데 그 친구들이 그런 곳을 가보고 싶어하지 않으니 알려줄 도리가 없다. 더러 그런 충고를 해주면 열이면 아홉이 "근데 거기, 소매치기 많다며?"가 고작이다. 소매치기야 이탈리아 대도시 어디든 있고, 구더기 무서워 장 안 담그겠다는 데는 할 말이 사라진다.

20년 전이나 지금이나 이탈리아를 관광하는 방법은 하

나도 바뀌지 않은 것 같다. 로마, 소렌토, 피렌체, 베네치아 노선이 그것이다. 노선이 간혹 밀라노를 들르기도 하는데, 이건 대개 쇼핑을 위한 것이니 밀라노를 봤다고 하기에도 면구스러운 일이다. 한국으로 치면 경주나 강진, 통영 같은 멋진 동네가 이탈리아 안에 물론 수없이 많다. 그런 동네를 왜 가지 않느냐고 한국인 관광객에게 물으면 다양한 대답이 쏟아지는데, 앞서의 소매치기 문제부터 영어가 안 될 테니까 불편해서, 교통편을 몰라서, 심지어 한국인 민박집이 없어서까지 나온다. 소매치기는 대도시에 더 많으니까 말도 안 되는 이유이고, 영어는 이탈리아 어디나 안 된다(그렇게 말하는 분의 영어도 어느 수준인지 나는 다 안다. 하우 아 유, 아임 프롬 코리아, 으흠, 애니웨이, 해버 나이스 데이로 넘어가지 않느냔 말이다). 교통편이야 이탈리아 철도처럼 이용하기 편리한 교통수단도 드문 편이니 별로 적당한 대답이 아니다. 게다가 이탈리아의 철도역 승무원들은 영어를 알아듣는다. 그냥 이렇게 외쳐도 된다. "피렌체!" 물론, 손가락으로 인원 수를 표시해야겠지?

한국인 민박집은 왜 찾으시는지 모르겠다. 이런 분들이 관광지에서 한국인 마주치는 거 불편하시다고 슬슬 피해

다닌다. 그래봤자 멀리서도 표시가 팍팍 난다. 목청은 얼마나 크신지…… 부탁건대, 이탈리아 애들이 한국말 모른다고 반말로 대충 깔보며 지껄이진 마시라. 바보가 아니라면 말의 뉘앙스나 표정으로 얼마든지 짐작이 가능하니까. 한번은 로마의 한 옷 가게에서 이런 소리가 들려온 적이 있다.

"야, 이 새퀴 아주 우릴 우습게 보고 가격 세게 부르는데. 엇따 대구 사길 치실려구, 흐흐."

나는 갑자기 내가 이탈리아 사람이었으면, 한국인이 아니라면 하루에도 쿠데타가 서너 번씩 일어나는 아프리카의 어느 소국 국민이라도 좋겠다고 생각했다.

이탈리아의 소매치기는 꽤나 소박하다. 이골 난 애인 더듬듯이 손이 은밀한 곳에 쑥쑥 들어온다. 어쩌면 정말 내가 질 나쁜 게이에게 성추행당한 걸 소매치기라고 우기는 건지도 모르겠다. 그렇지만 내가 그다지 곱상하게 생겨먹지 않았다는 걸 감안하면 소매치기일 가능성이 더 농후하다. 한 녀석은 분명히 내 엉덩이를 쓰다듬기보다는 뒷주머니의 지갑을 반쯤 빼다가 들키기도 했으니까. 어찌됐든 얼이 좀 빠진 내가 한 번도 제대로 당해보지 않았으니 이탈리아 소매치기의 기술력은 보잘것없다고 해도 틀리지 않다. 한국의 전설적 안창따기 명수들은 모두 은퇴를 했는지, 다행히 도 이곳에 진출한 흔적은 없다.

그렇지만 독특한 스타일의 소매치기를 조심해야 한다. 이 녀석들은 소매치기라기보다 심리 강탈꾼인데, 말하자면 이런 식이다. "나는 소매치기다" 하고 강하게 관광객에게 인식을 심어주는 거다. 나는 이 녀석들을 로마 지하철 A선의 한 역에서 만났다. 녀석들은 "너의 지갑을 곧 소매치기 할 거거든?" 하는 표정으로 나를 노려보았다. 세상에 제일 무서운 서스펜스가 '예고 살인'이라고, 나는 꽤 겁을 먹을 수밖에 없었다. 그렇다. 녀석들은 그런 틈을 노리는 것이다. 나는 얼떨결에 지갑을 꺼내 그 안전을 확인했다. 그러자 녀석들은 갑자기 내게 다가와 지갑을 낚아채려고 했다. 우악스런 그 손아귀를 피해 나는 잽싸게 지갑을 품에 안고 뒤로 주춤주춤 물러섰다. 마침 다른 이탈리아 승객들이 나를 보호해주지 않았더라면 큰일 날 뻔했다. 참 독특한 소매치기, 고객 스스로 지갑을 꺼내 흔들어 보이게 만드는 놀라운 재주가 아닌가. 백주 강탈꾼의 이런 수법은 유니크하다 못해 존경스럽기까지 하다. 이탈리아가 아니고서 어디서 이런 통 크고 배짱 있는 소매치기가 있을 수 있단 말인가.

소매치기는 허술하지만, 어리숙한 동양인을 노리는 야바위꾼들이나 집시들은 꽤 설친다. 야바위는 시기마다 유행이 있다. 십여 년 전의 여행자들은 '사인 야바위'에 좀 당했다. 나는 그때 이탈리아를 처음 여행하던 시절이었다. 길을 걷던 내게 수더분한 청년이 다가왔다. 유창하지는 않았지만 영어를 쓰는 그는, 안 통하는 이탈리아어에 고통받던 내게 마치 고향(?) 사람을 만난 것처럼 반가웠다.

"우리는 아프리카와 동유럽 내전 국가를 돕는 캠페인을 벌이고 있습니다. 서명 좀 해주시겠습니까."

오홋. 못할 거 없지. 앗, 그러고 보니 내가 영어를 알아들었잖아? 나는 그에게서 깊은 연대의 감정을 느꼈다,고 쓰고 싶다. 어쨌든 그는 그때까진 시민 단체에서 일하는 아주 훌륭한 활동가 청년이었다(망할 자식! 생긴 건 그럴듯해가지고……). 나는 우아하게 서명했다. 평소의 한글 서명을 버리고, 그들이 쉽게 알아먹으라고 친절하게 영문으로 서명하는 센스까지 발휘했다.

나의 월드 와이드하고 사해 동포적인 서명질은 곧 수표에 사인한 것 같은 효력을 발휘했다(아니, 그렇다고 녀석이 주장했다). 서명은 곧 돈을 낸다는 뜻이라고 우기기 시작했다.

"동지여, 이젠 돈을 내야지?"

내가 의아해하자, 그는 서명철의 앞 장을 넘겨 무수히 많은 휴머니스트들이 기부를 약속한(?) 서명들을 쭉 보여줬다(내가 조금만 눈썰미가 있었다면 그 사인의 글씨체가 다 비슷하다는 걸 눈치챌 수 있었으리라). 내가 그때 단호히 에고이스트로 변신했다면, 꽤 스릴 넘치는 육체적 위협이 다가올 수도 있었다. 나는 일단 '무슨 돈?' 하는 표정을 지어 보였는데, 일순간 그의 눈빛에서 동지(?)에 대한 배신감 더하기 사기 실패의 걱정이 뒤섞인 뉘앙스를 읽어버렸다. 아무튼, 아무 데서나 인류애를 발휘하는 건 위험한 일이라는 사실은 분명하다.

그런데 놀라운 건, 세월이 흘러 요즘 이 야바위가 서울 한복판에서 기승을 부리고 있다는 거다. 주로 영어를 제법 세련되게 쓰는 동남아인들(여자들이 많다)이 서명철을 들고 우리 젊은이들을 노린다. 참, 오래도 써먹는 수법이다. 최근에 반포역 근처에서 이런 일을 당했다. 인도 전통 의상인 사리를 멋지게 차려입고 세련된 영어를 쓰시는 아주머니가 접근하길래 한마디해줬다. "나, 이거 10년차거든요?"

요즘은 '매듭 야바위'가 기승을 부린다. 로마의 나보나 광장이나 스페인 계단에서 아무한테나 손을 내밀면 곤란하다. 2년 전의 일이다. 스페인 계단에서 해바라기를 하고 있었다. 그때 양 손목에 알록달록한 매듭을 하고 있는 녀석이 내게 웃으며 다가왔다.

"나카무라? 자폰?" 하고 언어 신공을 발휘한다. 나는 친절하게도 "노, 코리안" 하고 미끼를 덥석 물고 말았다. 녀석은 한눈에도 사기성이 있어 보이는 곱지 않은 눈빛이었는데, 그걸 미처 파악하지 못했던 거다. 녀석은 진정으로 미안해하는 척하며 안뇽하쎄요, 캄사함미다를 외치며 내 곁에 살포시 앉았다. 그러고는 내 손목에 색색의 인디언 매듭을 두르기 시작했다.

친구(녀석은 정말 수없이 우리가 친구,라고 떠벌였다)가 둘러주는 우정의 표시를 마다하기 곤란한 나는 웃으며 한 번쯤 양보를 하다가 내버려둔다. 하여간 엄청나게 찝찝한 기분이 몰려오기 시작했지만 때는 늦으리, 노래를 부르고 싶은 심정이었다.

한 1, 2분쯤 우정의 언사를 던지던 녀석은 본색을 드러냈다. 돈을 달라고 한다. 뭐하는 개수작이야, 하기에는 이미 늦었다. 내가 화를 내며 매듭을 풀어달라고 요구해도 녀석은 풀리지 않는 매듭임을 강조하며 "네가 원해서 한 매듭이니 돈을 내라"고 말한다. 나는 로마 한복판에서 매듭처럼 단단히 엮여버렸다. 문자 그대로 '엮인' 거였다(그동안 나의 마수에 엮여 수많은 술값을 바쳤던 친구들아, 정말 미안하다. 이런 걸 쌤통이라고 하지, 아마).

근처에 경찰이 있어도 별 소용이 없었다. 경찰은 대개 자신의 구두코에 먼지가 앉지는 않았나, 멋지게 걸친 모직 망토가 제대로 각이 살아 있나 폼 재기 바쁘기 때문이다. 슈퍼맨도 아니면서 망토를 걸친 경찰은(엄밀히 말하면 헌병, 즉 강력 범죄를 담당하는 카라비니에리Carabinieri) 아마도 세계에서 이탈리아가 유일하지 않을까. 범죄자를 쫓을 때 그 펄럭이는 망토를 어떻게 할지 자못 궁금해진다. 생각건대 그런 상황이 올 것 같지는 않다. 경찰 체면에 어쭙잖은 도둑놈 한 명 잡으려고 뛰다가는 잘 다린 바지가 구겨지는 참변이 생길 텐데 그걸 감당해낼 경찰은 별로 없을 것 같다. 이탈리아 경찰은 그 멋진 제복에 생김새까지 탄복하게 만들곤 한다. 거의 아그리파 장군의 재현처럼 잘 발달된 턱은 존경스럽기까지 하다. 전직 모델에게는 가산점을 주는 제도를 활용하고 있지 않나 의심스럽다. 어쩌면 그렇게 깎은 듯하면서 남성다운 미남자들이 수두룩한지.

로마식 매듭 공예가를 두들겨 패고 싶었던 나는, 아그리파 장군께서 어떻게 좀 해보시라는 무언의 항의를 해봤지만 묵묵부답이었다. 아, 물론 특유의 제스처로 그는 회답했다. 양어깨를 오므리고 두 손바닥을 상대방에서 내보이면서 동시에 눈썹을 내리깔고는, 입술을 내미는 그 절묘한 동작……(이 제스처야말로 '내가 알 게 뭐냐'는 라틴 민족 특유의 가장 광범위한 동작이다. 당장 배워서 낼 아침 보고서를 쪼는 당신 상사에게 써먹어보시라).

게다가 나는 경찰이 쭉 보고 있는 5분 동안 친구처럼 희희낙락하며 녀석과 수작질을 나누지 않았던가. 경찰은 동서를 막론하고 친구나 부부 간의 사소한 다툼에 개입하는 걸 극도로 싫어한다. 부부 싸움 하다가 112에 전화 걸어봐라. 삐뽀삐뽀, 오시긴 오시되 자세부터 다르다. 거, 웬만하면 이웃하구 애들 봐서 좋게들 화해하시지요. 뭐, 이 정도가 아니겠는가.

적어도 당신은 지옥 같은 한국을
떠나온 것이잖아

이탈리아의 대도시를 여행하기 위해서는 끊임없는 각다귀들의 공습을 피해야 한다. 당신이 차를 렌트해서 몰고 다닌다면, 언제 야구방망이가 부재중인 당신 차의 뒷 유리창을 박살내고 벗어놓은 양복저고리를 털어갈지 모른다. 처음 이탈리아에 발을 디뎠을 때, 휴대용 컴퓨터 같은 희한한 물체(애플의 랩탑 초기 모델처럼 생겨먹은)를 들고 다니는 이탈리아 남자들이 좀 웃겼었다. 와이셔츠 소매가 적당히 하얗게 빠져나온 소매 짧은 양복을 멋지게 입은 남자들이 (밤색 구두의 매치는 또 어떻고) 그 구닥다리 컴퓨터 같은 걸 들고 다니는 모습이란!

다행인 건 모양은 웃기지만 그 컴퓨터(?)의 크기가 그다지 크지 않았다는 사실이다. 그래서 어찌 보면 최첨단 노트북 같기도 했다. 나는 그게 뭐냐고 물어볼 용기가 없었는데, 우연한 기회에 그 물체의 정체를 알아내고야 말았다. 한 멋진 녀석이 폭스바겐 골프를 폼 나게 주차하더니만, 부시럭거리며 자동차 핸들 옆에서 무언가를 떼어냈다. 바로 카 오디오였던 것이다. 카 오디오를 훔쳐가는 좀도둑이 무서워 그러는 것만은 아니다. 오디오를 훔쳐가려면 기술 좋게 자물쇠를 열어야 하는데, 무식한 이탈리아 좀도둑들은 그런 번거로운 절차를 싫어하는 것 같다. 냅다 야구방망이나 쇠파이프로 유리창을 후려치는 걸 보면 말이다.

한번은 그런 장면을 직접 볼 수 있었는데, 얼마나 당당히 부수는지 나는 그 도둑놈이 마누라의 정부情夫 소유 차에 화풀이하는 본남편인 줄 알았다. 간혹 시내에서 벤츠나 아우디 같은 고급 차의 유리창이 깨져 비닐로 대충 바람만 막고 다니는 걸 당신도 볼 수 있을 텐데, 설마 유리창 끼기 아까워 비닐을 붙이고 다니겠는가. 그들도 어디선가 습격을 당하고 임시방편으로 바람이라도 막고 씩씩거리며 카센터에 가는 길일 것이다(카센터에 가서도 결국 머리에 찬 바람이 씽씽 들어오는 일이 벌어진다. 터무니없는 수리 요금에다가 끝도 없는 수리 기한 때문이다. 다행인 건 여러분들은 그런 일을 당해도 렌터카 회사에 차를 던져주면 된다는 사실! 물론 스물네 페이지짜리 보고서를 작성해야 하겠지만).

요즘은 덜하지만 집시들의 떼 공격도 여전하다. 전설의 신문지 공습부터 막무가내 메뚜기 공격까지 다양하다. 신문지 공습은 대여섯 명의 여자 집시들이 지하철역에서 신문지를 펴들고 한 사람의 동양인 관광객을 덮치는 걸 말한다. 먹잇감을 발견한 집시들은 조금도 망설임 없이 달려든다. 나도 두어 번 당했는데, 적어도 일고여덟 개 정도의 손이 동시에 당신 몸속으로 들어온다고 상상해보라(더구나 씻은 지 좀 된 상태가 분명하다. 이 친구들은 이런 습격과 구걸을 상황에 따라 병행하는데 더러운 손이 구걸에 더 용이하다는 게 이 바닥의 정설이다). 지갑이나 돈이 있을 만한 주머니란 주머니는 모두 파고 들어오는데, '초토화'란 말은 이럴 때 쓰는 거다. 파괴된 도시 밤거리를 걷고 있을 때, 갑자기 좀비 떼가 달려들어 당신 살을 파먹는 것과 진배없는 상황이 벌어진다.

메뚜기 습격은 문자 그대로 신문지고 뭐고 없이 그냥 우우, 달려드는 걸 말한다. 내 이마에 만화처럼 빗금 좌악 쳐지는 순간이 오는 것이다. 아마도, 며칠 정도 작업이 안 되는 바람에 굶었음이 틀림없다. 마지막 공황 상태에서 체면 차릴 것 없이 쓰는 수법인 것 같다. 어떤 경우든 당신은 동원할 수 있는 모든 방법으로 대응해야 한다. 인도에서처럼 한두 푼의 푼돈으로 사태를 진정시킬 수 있다고 착각하지 마라. 지갑을 여는 순간 집요하게 더 따라붙는 게 집시의 속성이기 때문이다.

다행히 이런 악다구니들은 모두 여자들이어서 조금만 정신을 차리면 우아하게 방어할 수도 있다. 그러나 어디까지나 거기서 그쳐야 한다. 한번은, 제노바에서 흠씬 당하고 몹시 분했던 나머지(특히 경찰의 무관심에 더 화가 났다) 방어를 넘어 공격 직전까지 간 적이 있다. 나의 역습에 놀라 골목으로 도망가는 그녀들을 쫓아갔던 것이다. 그때 골목 구석에서 도사리고 있던 집시 남자를 보았다. 마치, 영화 〈피아니스트〉의 주인공 애드리언 브로디처럼 바

싹 마른 남자였는데, 눈에 살기가 돌았다. 아하, 거리에는 집시 여자들만 보이지만 골목 어딘가에 남자들이 늘 서성이고 있었던 것이다. 세상 어디든, 여자를 비바람 치는 거리로 내몰고 그 수확물을 받아먹고 사는 한심한 남자들이 있는 법이다.

이탈리아를 여행할 때, 이런 악머구리 떼를 만나지 않는 묘안이 있긴 하다. 꽤 숙련된 연기력이 필요하긴 한데, 효과는 높다. 우선 이탈리아어로 된 스포츠 신문을 한 부 산다. 가능하면, 진보라색의 '라 가제타 델로 스포르트La Gazzetta dello Sport'를 권한다. 가장 인기 있는 신문이기도 하거니와, 그 독특한 색깔 때문에 위장 효과가 더 높다. 그러니까, 나는 이탈리아에 사는 사람이거든, 하고 과장 광고를 하는 것이다. 내국인이니 제발 날 좀 건드리지 말아줘, 대신 저기 저어기 멍청하게 명품 쇼핑백을 잔뜩 들고 있는 한국인이나 일본인을 털라구! 하고 은근히 경고를 한다고나 할까.

그 신문을 표제가 보이게 둘둘 말아 든 후 선글라스를 쓰는 것이 좋다. 그리고 절대 고개를 들어 건물 위를 훑거나 멈춰 서서 지도를 보지 말 것. 여행자 티가 팍팍 난다. 선글라스를 쓰면 두리번거리는 여행자 특유의 동작을 어느 정도는 감출 수 있다. 소매치기 무서워서 관광 못하겠다고? 맞는 말씀이다. 세상사 복불복이려니 하고 그냥 맘 편하게 먹고 쏘다니는 게 나을 수도 있다. 물론 갑자기, 일고여덟 개의 손이 슈슈슉 당신의 몸 안으로 들어올 수도 있다는 게 좀 꺼림칙하지만.

그런데 이런 황당한 사건들조차 이탈리아 외곽을 슬슬 여행하다보면 잊게 된다. 도심을 조금만 벗어나면 우리나라 시골에 온 것 같은 넉넉한 인심에 푹 빠지게 되니까. 히치 하이킹은 거의 무한정 할 수 있으며(나 같은 시커먼 사내들도! 물론 여자들에게 권장할 일은 아니다) 밥이나 술, 커피를 얻어먹는 것은 너무도 쉬워서 세상에 아직 이런 나라가 있는지 볼을 꼬집어보게 만든다. 게다가 작열하는 5월의 태양과 사이프러스 나무, 코발트블루의 하늘과 바다는 또 어쩔 것이냐(어때? 떠나고들 싶으시지? 집시와 좀도둑 밭을 떠나면 달콤한 젖과 꿀이 흐르는 땅이 있다니까).

그래서 이탈리아는 가볼 만한 나라다. 혹시 이탈리아에

나쁜 감정이 있어서 "절대 가볼 만한 나라가 아니야"라고 반박하는 이가 있다면 나는 "적어도 당신은 지옥 같은 한국을 떠나온 것이잖아"라고 말하겠다. 이곳에는 무선 인터넷은 안 되지만 버스 기사의 신경질도, 지하철의 성추행도, 아무 데서나 툭툭 치고 지나가는 사람도, 내 자리에 잽싸게 먼저 앉아버리는 아줌마도, 무표정한 구멍가게 아저씨도, 마이너스 연말정산도, 비싸게 부르는 치과 의사도, 인터넷 악플도, 여름 휴가 후 어느 날 나보다 훨씬 예뻐져서 나타나는 친구도 없기 때문이다.

이탈리아의 시골로만 빙빙 돌면 얼마나 좋겠냐만, 그것도 하루 이틀이지 심심해서 살 수가 없다. 결국, 대도시는 관광객의 숙명 같은 동네가 된다. 결국, 대도시로 들어가야만 한다. 대도시는 어떻게 보면 관광객이 머물기에 딱 맞춤한 곳이니까.

로마나 피렌체, 베네치아는 늘 동양 삼국의 관광객들로 붐빈다. 유럽에서 신 삼국지를 쓰고 있는 것이다. 이들 세 나라 사람들을 구별하는 게 꽤 재밌는 놀이다. 당신도 한번 해보시라. 우선 중국과 한국, 일본을 구별 짓는 법은 뭘까.

바로 금목걸이다. 중국인들은 틀림없이 그걸 걸고 있다. 목걸이라고 부르기 무색한, 거의 한 냥은 될 듯한 자전거 체인을 목에 걸고 다닌다. 게다가 손목에는 수갑이라고 불러도 될 링이나 작은 체인을 두르고 다닌다. 다만 그 색깔이 수갑처럼 은색이 아니라 금색일 뿐인 것이다. 금은방을 차린다면 영등포에 분점까지 내고도 남을 만큼이다.

중국인 중에서도 본토와 홍콩, 대만이 다른데 금목걸이의 무게를 기준으로 본토 > 대만 > 홍콩이다. 오래전에는 순서가 달랐다. 홍콩도 대만 못지않게 무거운 체인을 걸고 다녔던 것이다. 내 지인은 이렇게 순위가 바뀐 것을 독특하게 정치적으로 해석했다. 국가의 정체성이 불안할수록 금목걸이가 무겁다는 것이다. 여차하면 팔아서 비상금으로 쓰기 위한 것이라나. 그렇다면, IMF 시절 국가 존망의 위기에 비상용으로 꼬불칠 생각 없이 자식 돌반지까지 아낌없이 바쳤던 한국인들이야말로 진짜 애국자들이 아닌가. 홍콩의 금목걸이가 가벼워진 건 반환(중국 입장에서는 환수가 되겠지만) 이후 본토로 급속하게 흡수되고 있는 홍콩의 정체성을 의미한다고 그럴듯하게 해석했다.

그러면 한국인과 일본인을 구별하는 법은 없을까. 물론 있다. 하나의 깃발 아래 질서정연하게 움직이면 일본인, 깃발 없이 모두 붉은색처럼 색이 튀는 모자를 쓰고 있으면 한국인이다. 비슷해 보이지만 두 스타일에는 큰 차이가 있다. 일본인은 도드라지는 걸 두려워한다. 한일 어머니의 자식 교육법을 적나라하게 보여주는 우스갯소리가 있다. 일본 엄마는 "남에게 폐 끼치지 마라"가 첫번째 당부인데 반해, 한국 엄마는 "절대 기죽지 마! 알았지?"란다. 세상에, 식당에 애들 난리 치고 놀 수 있게 따로 놀이방이 마련된 나라는 한국밖에 없을 것이다. 한국의 자랑 밥상머리 교육은 어디 갔는가?

이런 교육 때문인지 일본인들은 어떻게든 깃발 아래 뭉쳐서 자신을 드러내지 않고 다닌다. 반면, 개성 만발인 한국인은 깃발이 있어봐야 개무시한다. 단체 관광을 왔다는 걸 잊고 제멋대로 돌아다닌다. 그래서 가이드가 쉽게 찾아낼 수 있도록 붉은색 모자를 씌우는 것이다. 이거, 소풍 나온 유치원에서 쓰는 것과 비슷한 수법이다. 그러나 이런 차이에도 두 나라 사람들이 닮은 구석도 있다. 관광지나 유적지를 눈이 아닌 뒤통수로 보는 특수한 신통력을 가지고 있다는 점 말이다.

요새 한국 젊은이들이 이탈리아 관광지에서 유독 튀는 게 있다. 멀리서 봐도 틀림없다. 바로 카메라다. 여행용으로 콤팩트한 카메라를 들고 다니는 다른 두 민족과는 달리 한국인은 무시무시하게 큰 DSLR를 들고 다닌다. 겨우 여자 친구와 젤라토나 찍는 형편에 말이다.

일본인을 빨리 구별하는 법도 있다. 여자들은 우선 몸의 모든 부위에 쇼핑백을 걸고 다닌다. 쇼핑백을 걸 수 있다면 아마 코걸이라도 하고 말 기세다. 모든 손가락마다 하나씩 쇼핑백을 걸고 그것도 모자라 목에도 건다. 신용카드 36개월 할부로 긁었든, '러시 앤 캐시'로 전화를 걸어 땡빚을 냈든 알 바 아니지만, 멀리서 보면 사람 대신 우스꽝스러운 쇼핑백이 걸어가는 것처럼 보인다. 쇼핑백에 치여 걸음걸이도 마치 트랜스포머에 나오는 이중합체 로봇들이 어기적거리는 것처럼 걷는다.

일본인 남자들도 한눈에 구별되는 특유의 모습이 있다. 우선 되도 않는 수염을 기르는 경우가 흔하다. 여기에 팬티

(대부분 명품 팬티다)가 보이는 숏 밑위길이의 바지를 입고, 발목이 있는 운동화나 번쩍이는 소재의 희한한 가죽 부츠를 신는다. 유니폼치고는 좀 독특해서 차라리 쇼핑백 로봇이 낫게 느껴지기도 한다.

내가 이탈리아에 간다고 하면, 사람들은 이구동성 얘기한다. "야, 맛있는 거 많이 먹겠네." 그렇다. 이탈리아는 맛의 천국이다. 아니, 이탈리아가 아예 맛 그 자체다. 북부 피에몬테에 있는 이탈리아 전통 식품 이벤트 매장의 이름은 아예 '잇태리Eataly'다. 누가 지었는지 참 그럴듯하다.

그런데 이탈리아의 맛도 잘못 먹으면 이게 사람을 심하게 실망시킨다. 원래 음식이란 게 그런 면이 있다. 10만 원짜리 핸드백이나 옷 잘못 산 후회는 10분이면 잊는다. 그런데 1만 원짜리 음식이 제 맘에 안 들면 잠들 때까지 분하고 억울하다. 옷이 맘에 안 든다고 매장에 가서 항의하는 사람들 태도가 어떤가. 매우 점잖다. 이거, 바꿔줄 수 있냐고 주섬주섬 말한다. 그런데 5천 원짜리 백반이 맘에 안 들면 주인을 잡을 듯이 눈을 부라리는 게 사람의 속성이다. 제 입에 들어가는 건 보통 심각하지 않기 때문에 너무도 분한 것이다. 이건 한국이나 서양이나 다 마찬가지다.

이탈리아에서도 먹는 것 때문에 속상하는 꼴을 종종 당하게 된다. 특히 로마나 피렌체 같은 대도시는 더욱 그렇다. 한번은 로마의 메인 스트리트인 비아 델 코르소를 걷고 있었다. 원래 타지에서 식당 고르는 법 중 하나인 '사람 많은 집을 가라'는 금언은 동서고금이 일치한다. 나는 대뜸 대로에서 살짝 들어간 한 식당에 들어갔다. 손님이 그야말로 바글바글했기 때문이다. 촌스러운 초록색 조끼를 입은 무뚝뚝한 웨이터까지 사랑스러웠다. 이런 집일수록 서비스보다는 맛이 좋다는 뜻이지, 제멋대로 상상하면서 말이다. 나는 물었다.

"뭘 먹을까요?"

웨이터는 대꾸도 없이 식당 안을 가득 채운 다른 손님들(그때까지 난 왜 그 식당에 머리가 하얀 사람들만 있는지 눈치채지 못했다)을 보라는 듯 고갯짓을 했다. 으흠, 그래 같은 걸로 먹으란 얘기군, 저게 오늘의 요리임에 틀림없지. 할머니들, 아니, 손님들은 뭔가를 열심히 썰고 계셨는데, 어디선 많이 본 음식이었다. 둥그런 빵과 그 사이에 끼워진 갈색의 고기, 그리고 감자튀김까지. 바로 햄버거였다. 이탈리아에서도 햄버거를 먹나요? 그렇다. 한국에서 오야코동이나 북경식 궈바로우를 먹을 수 있는 것과 같은 이치다.

맛은 정말 최악이었다. 햄버거는 말라 비틀어져서 마분지를 씹는 것 같았고(정말 마분지로 만든 것일지도 모른다) 감자는 잘 튀겨지지 않아 기름을 흠뻑 머금고 있었다. 쓰레기 음식이란 이런 걸 두고 하는 말이었다. 웨이터의 주둥이를 물어뜯고 싶은 충동을 억지로 누르고 점잖게 항의를 하려고 했다. 웨이터는 체구도 크지 않고 꽤 만만해 보였기 때문이었다. 나는 웨이터를 불렀다.

"센타, 카메리에레(여보슈, 웨이터 양반)!"

나는 이 맛없는 음식은 국가적 수치다, 로마는 이탈리아의 얼굴 아니냐, 제대로 된 음식을 만들어 팔아라, 당신들은 문화 사절이다, 반성하라,고 얘기하기에는 언어 소통이 안 되어 그냥 인상을 북 썼다. 이놈들아, 눈이 있으면 봐라, 이런 걸 어떻게 먹냐.

그때 웨이터는 문화 사절이 되고 싶은 마음이 전혀 없었는지, 내 말을 씹고 다른 손님들을 협박하러 다른 테이블로 가버렸다. 그러자 주인으로 보이는 남자가 나섰는데, 그는 꼭 〈글래디에이터〉에 나오는 부하 검투사 같은 모습이었다.

가슴팍은 두꺼워서 너비와 두께가 같았으며(마라도나 이후 최초로 그런 가슴을 봤다), 다리는 로마 테베레 강의 교각이 연상됐다. 눈은 부리부리한 걸 넘어 빨간색 당구공을 하나씩 박아놓은 것 같았다. 나는 사우나에서 등에 문신을 하신 아저씨들을 만난 것처럼 90도로 인사를 하고 조용히 값을 치르고 나왔다.

이런 경우는 정말 재수가 없으며 악의적 상황이려니 하고 말면 그만인데, 새로운 복병이 있다. 현지식이 내 입맛에 맞지 않을 경우다. 이건 식당 잘못도 아니니, 웨이터나 주방장을 처단하기 위해 조폭을 동원한다고 해서 해결될 일도 아니다. 펜치로 손톱을 뽑으며 "앞으로 한국 사람 입에도 맞게 만들란 말이야!" 할 수는 없는 일 아닌가.

우선은 짜다. 짜다는 것은 주관적인 개념이지만, 어쨌든 한입 먹으면 짜게 느껴진다. 세계적으로 한국 음식처럼 싱거운 음식도 없다. 그런 입맛에 길들여진 우리에게는 이탈리아뿐 아니라 프랑스, 독일, 미국, 일본, 중국 어디든 한국보다 짜게 느껴진다. 그런데 좀 특이한 배경이 있다. 통계를 보면 한국이 이들 국가 중에서 소금을 많이 먹는다고 한다. 무슨 조화일까. 바로 국물 요리 때문이다. 국이나 탕을 끓여본 사람은 안다. 소금이 어지간히 들어가서는 청계천 물맛처럼 시시하기 그지없다는 사실 말이다. 그래서 늘 국과 찌개를 즐겨 먹는 한국인은 싱겁게 먹는 듯하면서 소금은 만만치 않게 먹는다.

어쨌든 이탈리아 음식의 짠맛은 상당하다. 주방장마다 간이 달라 간혹 무난한 음식을 먹게 되면 횡재한 기분이다. 식당에서 덜 짜게 먹으려면 따로 주문을 하는 수밖에 없다. 기억해 두시라.

"쌀레 뽀꼬!(소금은 조금!)"

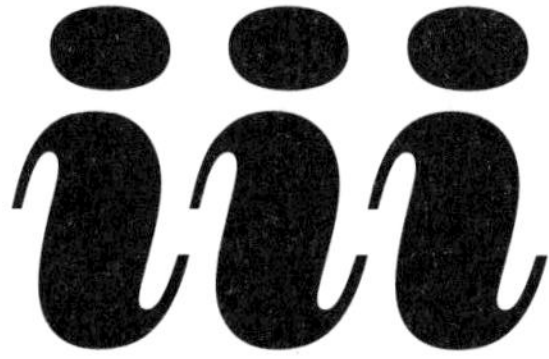

금연 광고판 아래
경찰과 맞담배를 피웠다네

한때 나는 무지무지 골초였음을 고백하련다. 담배를 배운 고등학교 2학년 이후로 단 한순간도 자의에 의해 담배를 손에서 놓은 적이 없었으니까. 딱 2주일인가, 강제로 금연을 당했던 육군 신병교육대 시절을 빼고는 그렇다. 물론 그 당시에도 기간병이 버린 꽁초를 가끔 주워 피우다가 들켜 이단 옆차기에 원산폭격을 당하기도 했다.

난 담배를 정말 사랑했던 것 같다. 감기에 걸려 기관지와 편도선이 통통 부어도 반 갑은 좋이 작살을 냈으며, 금연하는 게 싫어서 비행기를 타고 싶지 않을 정도였다. 생각해보면 정말 야만의 시절이 있었다. 벽제나 금촌, 서울 불광동을 오가는 시외버스에서 임신부가 타고 있어도 담배를 빡빡 피워댔다. 1호선 지하철역에서도 마찬가지였다. 버젓이 재떨이가 놓여 있었다. 아무도 그 '권리'를 침해하지 못했다. 고속버스나 비행기에서는 오죽했을까. 80년대 이후 출생자들은 도저히 알 수 없을 어둠의 시절이었다고나 할까.

어쨌든 나의 담배에 대한 지극한 사랑은 이탈리아에서 더욱 깊어졌다. 불과 5, 6년 전에 공공장소는 물론, 카페나 식당에서조차 완전 금연이 된 서글픈 역사가 시작되기 전에는. 그러니까, 이제부터 내가 떠드는 흡연의 히스토리는 순전히 금연법 발효 이전의 얘기일 뿐이다.

내가 처음 이탈리아에 발을 딛었던 10년 전, 나는 열몇 시간을 금연의 압제에서 시달리다가 해방의 순간을 맞았다. 비행기가 로마의 레오나르도 다 빈치 공항에 착륙을 했기 때문이다(솔직히 말하면, 비행기가 모스크바 상공을 통과할 즈음, 나는 기어코 화장실에서 라이터를 댕겼다. 한 모금을 내뿜을 때마다 연방 변기의 레버를 내리면서. 내가 화장실을 나설 때 밖에서 기다리던 어떤 여자의 그 표정을 지금도 잊을 수가 없다. 그 표정은 이렇게 말하고 있었다. "세상에 이런 짐승 같으니!").

출국장을 빠져나가기 전까지는 당연히 금연이었다. 나는 짐을 찾기 위해 커다란 컨베이어 벨트가 빙글빙글 도는 무료한 공간에 서 있었다. 내 뇌 속은 짐을 찾겠다는 열망 대신 얼른 짐을 찾은 이후에 만날 흡연의 신세계에 대한 기대감으로 가득 차 있었다. 그때 내 코에 향긋하기 그지없는 담배 냄새가 감지됐다. 얼른 고개를 돌려보니 내 뒤편의 여인이 멋지게 담배 한 대를 피워 물고 있는 것 아닌가.

공항은 어느 나라나 그렇지만, 경찰 비슷한 제복들이 가득 차 있어서 쉽게 위축되는 동네다. 로마 공항 역시 도처에 기관총이나 권총을 든 제복들이 우글우글거리고 있었다. 내 머리는 아주 복잡하게 가동되기 시작했다. 그건, 언제 짐이 나올지 모르는 로마 공항의 사정까지 미리 계산한 고도의 방정식이었다. 기다린 지 30분이 다 되어가지만 겨우 예닐곱 개의 짐 가방만 심심하게 컨베이어 벨트를 타고 돌고 있었기 때문이었다. 내 뇌는 거의 혼수상태에 빠져 니

코틴을 요구하고 있었고, 나는 방법을 찾아야 했다. 그런 내게 저 여인은 강력한 우군임에 틀림없었다. 나는 눈치를 보면서 담뱃갑을 찾기 시작했는데, 그렇게 할 필요도 없었다. "금연! 벌금 ○○리라"라고 쓰인 경고판 앞에서 버젓이 경찰이 담배를 피우고 있었던 것이다. 나는 그 경찰과 함께 경고판 앞에 서서 담배를 나눠 피웠다. 그건 거의 고삐리가 담임 선생님과 맞담배질을 하는 것과 맞먹는 일탈이었다.

사실, 이탈리아에서 경찰은 별로 무서운 존재가 아니다. 교통정리나 하고, 행정 처리를 하며, 나 같은 외국인에게 길 안내를 해주는 게 고작인 것 같다. 그렇지 않고서야 배가 너무 나와 국가에서 지급한 허리띠가 맞지 않을 것 같은 아저씨 경찰이나, 도대체 범인은커녕 어린애 팔목도 비틀지 못할 것 같은 심드렁한 표정의 아줌마 경찰이 그토록 많으냔 말이다.

이탈리아 텔레비전 뉴스를 보면 마피아를 뒤쫓는 경찰은 카라비니에리라고 부르는 헌병이다. 황금색 독수리가 찬란하게 빛나는 검은색 제모와 붉은 줄무늬의 검정 제복은 꽤 위압적이어서 마피아와 한판 붙어도 될 것 같다. 그런데,

진짜 무서운 건 경찰도 헌병도 아니다. 나는 그걸 우연히 목격했다. 어느 변두리 카페에서 에스프레소 한 잔을 마시며 담배를 맛있게 피우고 있었는데, 카페 주인이 갑자기 사색이 되어 얼어붙었다. 나도 얼른 뒤를 돌아보았는데 갈색 제복의 어떤 사내들이 기관총을 들고 들이닥치는 중이었다. 그 카페 주인이 살인 사건에라도 연루된 게 틀림없어 보였던 건 전혀 무리가 아니었다. 그런데 알고 보니 그 기관총으로 무장한 제복들은 세무서 직원이었고, 카페 주인의 탈세와 관련된 모종의 습격이었다.

나는 한국도 세무서원을 기관총으로 무장시켜야 한다고 생각하는데, 당신이 한 번이라도 텔레비전에서 세무서원이 상습 고액 체납자를 찾아가는 '양심' 뭔가 하는 프로그램을 봤다면 동의하리라 생각한다. 세무서원들이 양복 정장을 입고 으리으리한 체납자 집을 물어물어 찾아간다. 그러고는 겨우 "선생님께서는 탈세를 하시고 상습 체납 하셨습니다. 언제까지 납부하시겠습니까. 물론 할부도 가능하십니다" 하고 친절하게 설명한다. 이 광경을 보고 어떻게 분개하지 않을 수 있단 말인가. 그냥 기관총을 들이대고 "야 인마! 당장 세금 낼래, 아니면 배에다 총알구멍을 내줄까" 하면 속 시원히 해결될 거라고 믿는 시민들이 대다수이지 않겠는가.

이탈리아의 마피아는 블랙마켓을 쥐고 흔든다. 당연히 세금을 내지 않고, 정부로서는 그런 범죄 집단과 싸우려면 강력한 무장이 필요했으리라. 이탈리아는 한국보다는 훨씬 세금을 잘 내는 나라인데도 그래야만 했다. 임시 시장의 노점에서 집에서 구운 빵을 파는 노파도 금전등록기를 놓고 영수증을 떼어주니까.

이탈리아를 여행한다는 건 순전히 먹는 여행일 수도 있다. 이탈리아 식당의 메뉴는 계절별로 변해서 식도락가들을 즐겁게 한다. 지방별로 요리가 다 색다르고(돈 많은 서울내기들의 입맛에 맞추기 바쁜 한국의 지방 음식을 생각해보라) 식당의 개성이 뚜렷하다. 토스카나처럼 먹으러 다니기 좋은 동네도 드문데, 그건 토스카나 사람들이 주장하듯이 이탈리아 말과 음식은 토스카나가 표준인 것 같기 때문이다. 음식은 몰라도 언어는 확실히 토스카나어가 표준인데, 그건 이 지방 출신이었던 단테의 저작을 표준으로 삼아 현대 이탈리아어가 탄생했던 역사와 관련이 있다.

지리적으로, 토스카나는 남북으로 긴 국토의 가운데 있어서 중용의 맛을 보여주고 있다. 그래서 워낙 지방색이 강해 "이게 이탈리아의 맛이야" 하기 참 애매한 이탈리아에서 그나마 표준적이라고 할 맛이 있는 동네가 토스카나다. 더구나 토스카나는 해안부터 험준한 산악 지역까지 끼고 있어서 요리의 스타일이 다양하게 혼재한다. 마치 이탈리아 요리의 축소판처럼 보인다. 그래서 토스카나의 식당은 어떤 식이라고 딱 잘라 말하기 힘들다. 해물을 많이 쓰는 해안 지방 요리와 순전히 돼지고기 저장품인 햄과 야생 고기 일색인 산악 지방 요리가 어떻게 같을 수 있을까. 어쨌든 한국에 '토스카나 요리'를 표방하는 식당이 많은데, 이거야말로 연구 대상이다. 토스카나는 토스카나인데, 어디 토스카나를 말하는 거야?

그래도 토스카나의 대표 요리를 꼽자면 이 요리는 어떤가. 주로 내륙 지방의 인기 메뉴인, 그래서 피렌체 일대에서 유명한 '비스테카 알라 피오렌티나Bistecca alla Fiorentina'다. 피오렌티나라는 말이 피렌체식이란 뜻이므로, '피렌체식 비프스테이크'로 새겨들으면 되는 이 요리는 아는 사람은 다 아는 전 세계적인 히트 메뉴다. 1킬로그램이 넘는 어마어마한 크기, 피가 뚝뚝 흐르는 원시적 육식, 게다가 아무런 소스 없이 레몬 즙과 소금만 뿌려 나오는 이 거대한 스테이크는 정말 "기왕 남의 살을 써는 스테이크라면 이 정도는 호쾌해야지" 하는 공격 본능을 충족시킨다.

내가 이 스테이크와 만난 건 엄청나게 추운 겨울, 와인 산지로 유명한 토스카나의 몬테풀치아노를 여행할 때였다. 한 허름한 시골 식당 메뉴판에서 이 요리를 발견했다. 어디선가 들은 적이 있었던 나는 메뉴판에 "1킬로그램에 40유로"라는 글은 발견하지 못하고 그냥 손가락 하나를 세웠다. '1인분'이라는 뜻이었다. 웨이터는 매우 당황해하더니 정말이냐고 재차 물었다. 별 싱거운 녀석 다 있네, 하며 나는 다시 호기롭게 손가락 하나를 펴 보였다. 10여 분이 흐르고, 내가 마주한 건 거대한 쟁반이었다. 쟁반 가득 정체불명의 요리가 담겨 있었고, 그 요리가 스테이크라는 걸 알아내는 데는 오래 걸리지 않았다. 나의 난감해하는 표정을 보고 웨이터는 어깨를 으쓱해 보였다.

등심과 안심이 'T자' 형의 뼈를 사이에 두고 합쳐진 이

스테이크는 그래서 미국에서는 티본 스테이크라고 불린다. 티본 스테이크는 굽기를 따로 지정하지 않는 게 관례다. 미디엄이든 미디엄 레어든 정확하게 구울 방법이 없기 때문이다. 등심은 지방이 많은 편이니 빨리 익는다. 반면 안심은 지방이 거의 없어 늦게 익는다. 그래서 등심 부위는 미디엄, 안심은 미디엄 레어 정도가 되게 익혀서 가져오는 게 보통이다. 청담동의 한 식당에서 셰프로 일할 때, 나는 이 메뉴를 팔았다. 그때마다 그놈의 고기 온도 타령에 지쳤다. 등심 부위를 썰어보고는 '너무 구웠네' 하더니, 안심 부위를 썰고 나서는 '설익었네' 한다. 손님 여러분! 비스테카 알라 피오렌티나, 아니, 티본 스테이크는 원래 그런 것이라우. 천하의 일급 셰프라고 해도 신의 섭리를 어떻게 거스를 수 있겠소이까.

각설하고, 나는 돈이 아까워서라도 그 거대한 고깃덩이를 다 먹으려고 했다. 무려 1.2킬로그램(나중에 계산서를 보고 알았다)의 스테이크는 뼈 무게를 빼도 9백 그램 정도는 됐다. 한 근 반! 나는 결국 3분의 2쯤 칼질을 하다가 만세를 불렀다. 고기가 내 몸의 모든 세포에 차곡차곡 저장된 것 같았다. 다음날 아침에도 숨을 쉴 때마다 입에서 고기

냄새가 났다. 대개 1킬로그램으로 딱 떨어지는 경우는 없고 1.2에서 1.5킬로그램 정도가 나오는 이 비스테카 알라 피오렌티나, 당신도 한번 도전해보실 의향은? 미리 알아두실 것은 대개는 곡물을 먹여 기른 소가 아니기 때문에 상당히 질기다는 점이다. 부드러운 특등급 한우 고기에 익숙한 당신이라면 어금니가 튼튼한지 점검해두시라.

철 지난 서양 유머 중에 이런 게 있다. 음식값이 비싸다고 투덜거리는 손님에게 어떤 식당의 음식값이 매우 싸다고 유혹해서 음식을 팔았다. 계산할 때 보니 음식값은 쌌지만 포크와 나이프값, 자릿값, 냅킨값, 물값을 다 따로 받더라는 얘기다. 그런데 이탈리아에서는 흔하게 볼 수 있는 경우다. 특히 값싼 대중 식당이라면 그렇다. 계산서를 보고 종종 오해를 하게 된다. 이상한 항목이 있기 때문이다. "아니, 이 녀석들이 바가지를 씌워?" 하고 분개하시면 곤란하다. 보통 '빵pane값'이라거나 '테이블보coperto값'이라고 표기되어 있는데, 그런가보다 하고 값을 치러야 한다. 뭐, 관례이긴 하나 누가 봐도 기분 좋은 건 아니다. 이런 경우는 대개 관광지의 싼 식당에 해당한다. 시골의 식당에서는 거의 드문 경우라는 것만 봐도 썩 개운한 관습은 아닌 게 분명하다. 당연히 줘야 하는 빵값을 따로 받는다는 건 아무리 염가의 대중 식당이라고 해도 조삼모사의 혐의를 부인할 수 없다. 백반을 파는 식당에서 밥값 따로 받는 형국이니까.

그래도 이탈리아의 식당은 서비스가 좋기로 유명하다. 영국이나 미국 대도시 식당처럼 간드러지는 서비스는 없지만, 씩씩하고 시원시원하다. 군더더기도 없다. 딱 필요한 서비스를 제깍제깍 해준다. 그래서 기분 좋게 밥을 먹게 되는데, 이게 꼭 그렇지만도 않다. 손님이 갑자기 몰리거나 하면 왜 그리도 종업원 수가 적은지 얼굴 보기가 힘들다. 거리에는 노는 청년들이 부지기수인데(남부 같은 경우는 청년의 절반은 직업 없이 논다고 보면 된다) 식당의 직원은 늘 모자란다. 어쩌다가 종업원 얼굴을 마주쳐 반가운 마음에 뭔가 부탁을 할라치면, 그네들이 똑같이 내뱉는 말이 있다.

"아리보 수비토Arrivo subito."

곧 돌아올게, 하는 말이지만 절대 그럴 것이라고 믿지 마시라. 당신은 "언제 볼지 나도 몰라요"라고 해석하는 게 더 적당하겠다. 심지어 심하면 주문을 하기 위해 종업원을 만나기조차 어려울 때도 있다. "양파는 빼고 마늘은 살짝 향만 내고, 파스타는 좀더 삶고……" 아시겠지만, 서양 애들은 음식 주문을 했다 하면 날이 샌다. 걔들은 "김치찌개로 통일!" 같은 건 없다. 그러니, 언제 당신에게 주문을 받으러 올지 신도 모르신다. 그럴 때면 화를 내진 말고(그네들 잘못은 아니잖은가) 살포시 웃어주시면서 다른 식당을 찾아보는 게 상책이다.

그러나 안타까운 건 주문을 하지도 못할 만큼 바쁜 식당일수록 음식 맛은 당연히 좋으리라는 만고의 진리 때문이다. 노파가 담배나 피우다가 주문을 받기 위해 당신 테이블까지 걸어오는 데 5분쯤 걸리는 곳이라면 음식 맛이 있을 리 없는 것이다. 게다가 주방 안에는 대개 그 노파의 남편인 할아버지가 요리사인 경우가 많은데, 그의 혀는 늙어서 소금 간을 잊어버렸을 테지.

이것이 이탈리아 피자 사냥에 강력한 무기다

이탈리아는 어떤 의미에서 최고의 드라이브 코스를 여럿 갖고 있다. 페라리나 람보르기니, 아니면 F1의 머신이라고 착각한 것인지 미친 듯이 밟아대는 자동차들이 당신의 어리버리한 렌터카를 협박하는 그런 길 말이다. 이탈리아의 고속도로에도 물론 속도 제한이 있고, 제아무리 아우토반을 달리던 벤츠라고 하더라도 이탈리아의 법률은 얌전한 운행을 요구한다. 그렇지만 이 이방인의 눈이 보기엔 그 법률은 있으나 마나 한 휴지 조각에 불과하다. 어떤 경우에는 거의 30톤은 될 듯한 육중한 화물 트럭이(틀림없이 마약이나 불법 입국자를 가득 실은 것처럼 음침한 모양의) 쌩쌩 달리는 세단과 속도 경쟁을 하기도 한다. 1차선 추월선은 이 같은 트럭들로 점령되기도 하는데, 말하자면 이탈리아의 고속도로에서 추월선이란 '화물 트럭 전용선'을 의미하기도 하나보다. 이런 만행은 대개 이탈리아 반도를 남북으로 연결하는 제일 중요한 고속도로인 A1선에서 벌어진다.

이탈리아 교통경찰은 뭘 하냐고? 간혹 그들을 발견할 때가 있는데, 대개는 휴게소에서 커피를 마실 때다(덧붙여 말하건대, 이탈리아는 고속도로 휴게소의 커피도 기막힌 맛이다). 그들이 페라가모나 돌체 앤 가바나가 디자인한 듯한 가죽 옷과 부츠로 한껏 멋을 부리며, 에스프레소 잔을 홀짝일 때 길 밖에는 미친 가짜 페라리들이 질주하고 있는 것이다. 더구나 그 경찰들은 휴대전화로(무전기가 아닌!) 누군가와 웃으며 통화하고 있을 때가 잦다. 설마 그들이 휴대폰으로 경찰 본부의 당직자와 범죄자 정보를 주고받으며 낄낄거리고 웃기야 하겠는가.

사실 이렇게 융통성 많은 교통경찰은 우리 같은 이방인

에게 저승사자가 아닌, 자상한 조언자가 되어주니 더할 나위 없이 좋긴 하다. 한번은 이탈리아에서 거주하던 후배와 우리도 페라리 흉내를 내며 미친 듯이 달리다가 제지를 받았다. 면허증을 달라는 요구에 후배는 상당히 불안에 떨며(내 눈에는 그의 손이 벌벌 떨리는 게 명확히 보였다) 요구에 응했다. 문제는 그의 국제운전면허증 유효기간이 지나 있었다는 것이다. 다시 말해, 후배는 무면허 운전을 하고 있었던 셈이다. 한술 더 떠 그는 유효기간을 슬쩍 지우고 고쳐 썼다. 그 어설픈 위조의 흔적에는 커피를 흘려 부었다. 마치, 실수로 떨어뜨린 것처럼 말이다(커피는 오래된 고문서 위조에 여전히 유효하게 쓰이는 원료이기는 하다). 실베스터 스탤론을 닮은 그 교통경찰은 면허증을 한참 들여다보더니 이렇게 말했다.

"면허증을 옆에 두고 커피 같은 건 마시지 않았으면 좋겠군요. 그리고 안전벨트도 매주는 게 좋지 않겠어요?"

그러니까, 우리는 안전벨트 미착용 죄가 포함된 공문서 위조 죄를 가볍게 사면받고, 오히려 면허증을 오래 깨끗하게 간수하며 목숨도 오래 보전할 수 있는 카운슬링을 받았던 것이다. 그렇지만 늘 이탈리아의 교통경찰이 그대들에게 아량을 베풀 것이라는 착각은 하지 말라. 반드시 교통경찰의 관상을 잘 살펴보도록. 그가 실베스터 스탤론처럼 약간 멍하며, 착해 보이는지 확인해야 할 것 같으니까.

자가 운전으로 이탈리아를 누빈다면, 훨씬 많은 걸 보게 된다. 그러나 불행히도 나는 교통경찰을 만날 일이 거의 없는 사람이다. 무단횡단으로 딱지를 끊었을 때를 빼면. 몇 해 전인가, 딸의 성화에 할 수 없이 면허 시험을 본 적이 있다. 그때 담당 감독은 나를 힐끗 보더니 안됐다는 투로 위로의 말을 건넸다.

"언제 취소되셨나요. 음주셨던가요?"

이 늙수그레한 사십대가 초짜 면허 신청자라고는 믿어지지 않았던 모양이었다. 물론 나는 음주를 한 것처럼 엉터리 주행을 해 보기 좋게 시험에 떨어지고 말았다. 돌이켜보면, 내가 운전에 소질이 없는 것도 아닌 게 확실한데 도로 주행에서 속도를 내라는 감독의 말에 시속 80킬로쯤을 팍팍, 밟았으니까 떨어지는 것도 당연한 일이었다. 아시다시피 면허 시험에서 과속은 금물이다.

어쨌든 그래서 나의 이탈리아 여행은 버스와 기차에 늘

의존했다. 이런 대중교통을 타면 느리다는 단점이 있지만 그걸 상쇄하고도 남을 만큼 멋진 추억도 선사한다. 아말피 해안가를 정신 나간 운전사가 모는 시외버스를 타고 달려보지 않고서, 어떻게 삶과 죽음의 경계를 선뜻 맛보았다고 할 수 있겠는가.

나는 이탈리아의 모든 버스 기사의 휴대전화를 압수해버려야 한다고 믿는 사람인데(움베르토 에코가 유력한 언론 칼럼에 강력한 주장을 펼치기를 바라는 바이다) 어떻게 수십 명의 승객을 태우고, 어제 간 동네 단골 식당의 저녁 메뉴에 대해 친구와 토론을 벌일 수 있단 말인가. 그 기사는 버스가 바닷가의 가드레일을 향해 돌진해서 막 바다로 뛰어들 때가 되면 핸들을 홱, 꺾었다. 승객들은 두 손으로 앞 좌석의 머리받이를 붙들고 불시착하는 비행기의 승객들처럼 몸을 움츠렸다. 선반 위에서 산소호흡기라도 주르륵 쏟아질 것 분위기였다. 여기저기서 신음 소리 같은 탄식이 터져나왔다. 확실히 아주머니들은 종교적 신념이 강하다. "오디오오 주님"라거나 "마돈나성모 마리아여" 같은 최상급의 호소를 터뜨렸다. "하느님 맙소사"의 다양한 버전이었다.

아말피 해안길은 까마득한 단애를 내려다보며 라면발처럼 구불구불한 길이 끝도 없이 이어진다. 버스는 끊임없이 승객의 좌우 평형감각을 단련시키려고 애를 썼다. 나폴리 사투리의 기사는 메뉴 이야기를 마치고, 누군가의 흉을 보느라고 또 새로운 천일야화를 시작했고, 나의 불안감은 계속해서 알피엠을 높여갈 수밖에 없었다. 알려진 대로 아말피 해안은 절경 중의 절경이다. 물론 제주도의 남쪽 남원 바닷가나 애월 쪽의 해안도로보다는 훨씬 못하지만 이만한 그림도 세계에 별로 없다. 게다가 정신 나간 기사를 만나면 졸지에 영화 〈페드라〉를 찍는 것 같은 드라마틱한 체험도 하게 된다. 내가 딱 그 짝이었는데, 별로 권장할 건 못 된다. 어제 마신 술이 겨우 가라앉았다 싶었지만 청룡열차처럼 뒤흔드는 핸들질에 몇 번씩 구역질을 참느라 이를 악물어야 했다.

듣자니, 절벽 길의 절묘한 버스 여행은 히말라야를 최고로 치는 모양이다. 지난여름에 히말라야의 도시 라사에 다녀온 친구는 입에 거품을 물고 그 광경을 묘사했다.

"생각해보라구, 친구. 진작 폐차장에 갔어야 할 버스에 사람을 짐짝처럼 가득 싣고 버스가 달린다네. 버스 지붕에는 각종 화물이 사람만큼 실려 있고. 평지를 달릴 때도 갸르릉거리며 엔진이 꺼질 듯 이어지는데, 해발고도 4, 5천미터의 구절양장을 달린다고 상상해보라고. 한국에도 비행기재라고 있지? 그건 애들 장난이야. 정말 절벽 아래가 까마득하게 보인다고. 절벽 쪽에 앉아 있으면 마치 공중에 붕 떠 있는 느낌이야. 항문이 저릿저릿해지지. 아마 오줌을 지리는 사람도 꽤 있을 거야. 정말 히말라야에 다녀오면 사람들이 생사를 초월한 듯 도를 깨쳐 보이는 게 순전히 버스여행 때문이 아닌가 생각된다네."

나는 아직 히말라야를 가보지 못했다. 약간의 공황장애를 앓는 나는 고공이나 호흡곤란의 공포를 견디지 못하기 때문이다. 물론 폐소공포증도 있다. 한번은 지하철 승강기를 타고 폐소공포증에 빠진 적이 있었는데, 문이 열리지 않았기 때문이었다. 그런데 그 승강기는 탈 때와 내릴 때의 문이 달랐던 것뿐이었다. 열리지 않는 문을 열려고 내가 식은땀을 흘리고 있는데, 뒤쪽 문이 스르륵 열리고 어떤 할머니가 탔다.

"아저씨, 괜찮아요?"

이런 판국에 히말라야라니. 특히 고소장애의 공포가 나를 애초에 포기하게 만든다. 해발 3천 미터가 넘으면 나타난다는 고소장애는 신체 건강과는 별로 관련도 없다. 희박해진 산소 때문에 뇌의 산소 부족이 이어지고 두통과 호흡곤란, 의식 이상 등이 나타난다고 한다. 엄홍길 대장을 인터뷰한 적이 있었다. 그에 따르면 가혹하게 단련된 고산 등반대원들도 어쩔 수 없이 고소장애를 겪는다고 한다. 그가 겪은 약간은 우스꽝스러운 고소장애 일화는 사람들을 꽤 웃긴다. 그는 걸쭉하고 따스한 화술을 가지고 있다.

"한번은 아침에 내 텐트 문을 열고 후배가 그러는 거예요. '대장님! 아침에 신문 안 왔어요?' 이럴 때 뭐라고 야단치면 안 돼요. 고소를 먹은 상태니까요. 차분히 응답해줘야 해요.'야 인마, 신문 끊었잖아'라구요. 텐트에서 그러면 그나마 다행인데 정상 공격중에도 종종 그럽니다. 정상 반대 방향으로 가는 경우가 있어요. 아무리 야단쳐도 못 알아듣습니다. 지상의 공기가 얼마나 소중한 건지 고소를 겪어본 사람들은 다 뼈저리게 느낍니다, 하하."

아말피를 달리는 버스는 물론이고, 이탈리아 시외버스들의 공통점이 있다. 하나같이 좌석이 작다. 그뿐만이 아니다. 이탈리아의 버스 제작자는 아주 특이한 관념의 소유자들이다. 장거리 버스일수록 의자를 좁고 작게 만든다. 시내버스의 자리 간격은 키가 큰 내가 다리를 팔 자로 벌려도 여유 있는데, 장거리 버스는 허리를 곧추세우고 두 다리를 바짝 끌어모아야 겨우 옆 사람을 증오하지 않고 갈 수 있다. 그들은 여행의 거리와 키는 반비례한다고 굳게 믿고 있는 모양이다. 아니면, 버스 제작으로 큰 돈을 벌어 리무진 뒷좌석에서 여유 있게 여행을 즐기느라 자기 회사의 버스에 사람들이 고문을 당하며 탑승해야 한다는 걸 모르고 있거나.

여행의 즐거움은 먹는 데 있다,고 말해도 지나치지 않다. 3박 4일짜리 여행에 종갓집 여행용 김치 세트와 볶은 고추장(그것도 모자라 비행기에서 승무원에게 부탁해서 몇 개쯤 더 챙겨두기도 하지), 양반김과 햇반, 컵라면까지 챙겨가는 사람들은 제외하고서 말이다. 다 좋은데 제발 호텔 방에서 카펫에 김칫국물은 쏟지 말자. 내가 아는 한 이탈리아 여관 주인은 한국인 손님은 받지 않는다. 카펫 세탁비로 수백 유로를 더이상 지불하고 싶지 않기 때문이다.

그런데 식당 찾는 일이 만만치 않다. 널린 게 밥집이요, 아무 때나 원하는 종류의 밥을 먹을 수 있는 한국이나 일본과는 사뭇 다른 게 유럽이다. 둥그런 피자를 먹으려면 저녁 7시가 되어야 한다는 건 내가 누누이 말했으니 삼가도록 하자. 어쨌든 스파게티 한 가락을 먹으려면 꽤 신경을 써야 한다.

이탈리아에서 밥을 찾아 먹으려면 상당한 문자 해독력이 필요하다. 식당을 일컫는 이름이 워낙 많기 때문이다. 자, 시작하련다. 리스토란테, 트라토리아, 오스테리아, 호스타리아, 로칸다, 파토리아, 로스티체리아, 피제리아, 포카체리아, 비스테케리아, 파니노테카, 스파게테리아, 타볼라 칼다…… 여기에 그냥 영어로 스낵이라거나 레스토랑, 그릴이라고 써놓은 집도 있으니 이런 사정을 모르면 머릿속 전두엽과 후두엽, 대뇌 피질과 해마가 마구 뒤엉키는 것 같은 고통을 느끼게 된다. 어느 말이든 밥을 판다는 이야기인데 그 속사정을 어떻게 다 알 수 있을까.

나는 수많은 시행착오 끝에 깨달은 바가 있다. 그냥 피제리아를 선택하는 것이다. 달랑 피자 한 판만 시켜 먹어도 눈치 주는 이가 없고, 피자 말고도 다양한 파스타는 물론 웬만한 고기와 생선 요리도 다 갖추고 있는 경우가 대부분이기 때문이다. 경험으로 보면, 파스타는 열 명의 한국인 중에 일곱은 '맛이 없다'거나 '짜다'고 느낀다. 한마디로 맘에 안 들어한다. 그렇지만 피자는 그 반대다. 열에 일곱은 맛있다고 느낀다. 솔직히 말해서 피자는 어떻게 만들어도 꽤 먹을 만한 음식이다. 파스타는 솜씨가 없으면 그야말로 우웩, 후회의 쓰나미가 몰려오게 마련인데 피자는 요즘 말로 '그냥그냥' 먹을 수 있는 경우가 태반이다.

그렇지만 최고의 피자를 먹고 싶은 욕망은 이탈리아행 여행 가방을 꾸리면서부터 시작된다. 이탈리아를 꽤 자주 다녔고, 안다고들 생각하실 나라는 존재조차도 이탈리아 여행의 강력한 희망은 맛있는 피자의 맛을 떠올리면서 시작된다. 장작에 후르륵 불을 붙여 뜨겁게 타오르는 가마가 있고, 그 옆에서는 얼굴이 좀 까맣고 머리카락은 기름을 바른 듯 새까만 나폴리 녀석이 토마토소스로 얼룩진 흰색 셔츠를 입고 연신 피자를 두들겨대는 집의 정경이 구체적으로 그려진다.

말이 나왔으니 말인데, 나는 맛있는 피자집을 고르는 방법을 거의 전문가 수준으로 터득하고 있다고 자부한다. 그 비법을 독자들에게 아낌없이 무상제공하고자 한다. 자, 이제 귀를 기울여달라.

첫째, 나폴리 스타일을 원하면 가게 안을 척 보면 안다. 장작을 때는 가마가 있고, 앞에서 말한 머리카락 까만 나폴리 사내가 피자를 펴고 있다. 나폴리식 피자는 좀 두껍고 그 대신 크기는 작은 편이다. 물론 반죽 한 덩어리의 무게는 대개 250그램으로 비슷하다. 상당히 많은 양인데, 나 같은 성인 남자가 먹어도 절대 모자라지 않은 양이다. 이탈리아 녀석들의 먹성은 얼마나 좋은지 피자 한 판은 1인당 기본이고, 전채 요리까지 시켜 먹는다. 헛, 녀석들. 축구 경기에서 상대방을 꼼짝없이 붙들어 매는 강력한 카테나치오 수비의 힘은 여기서 나오는가보다.

나폴리 스타일이라고 해도 눈속임이 있을 수 있다. 모양은 장작 가마이지만, 안에서는 가스 불을 때는 경우가 있다. 이럴 경우는 과감히 패스, 하시라. 숯불 구이와 알루미늄 포일을 깐 철판 삼겹살의 맛 차이 같은 것이어서, 어떻게 손을 써볼 수 없는 맛 차이가 있다. 결단코, 세계에서 제일 맛있는 가스 불 피자라고 하더라도 제일 맛없는 장작 가마 피자의 중간에도 미칠 수 없다. 뭐 걸고 나랑 내기를 해도 좋다.

둘째, 확실한 기술자, 그러니까 피자이올로pizzaiolo가 있는가 하는 거다. 왜 식당은 좋은 셰프를 따지면서 피자집은 좋은 피자이올로를 따지지 않지? 그게 나의 피자에 관한 최대 의문이다. 어리석은 대중에서 벗어나 피자 맛의 달인이 되려면 피자이올로의 기술을 보라. 밀가루 한 덩어리를 손에 들자마자 3, 4초 만에 펴내는 기술이라면 믿어도 좋다. 피자는 어떤 집이든 별 차이 없는 똑같은 소스와 토핑을 쓴다. 오직 반죽을 잘 발효해서 잘 펴는 기술이 맛의 차이를 가져온다. 원고지가 허용된다면 열 번쯤 강조하고 싶다. 반찬을 아무리 잘 만들어도 밥이 엉망이면(특히나 보온 밥솥의 묵은내가 풀풀 나는 공깃밥을 떠올려보시라) 밥맛이 망가지는 것과 같은 이치다.

오직 이 두 가지가 당신의 이탈리아 피자 사냥에 강력한 무기가 된다. 덧붙인다면, 누구랑 먹느냐도 중요하다. 출장

'모시고' 간 회사 상사 비위를 맞추며 먹는 피자라면 차라리 도미노나 피자헛이 나을지도 모르겠다. 게다가 그 상사가 피자를 썰며 "이탈리아는 뭐 좀 밤에 화끈한 데 없냐?"고 구역질 나는 요구를 하기까지 한다면……

이탈리아에 없는 게
이태리타월만은 아니다

확실히 이탈리아 여자들은 살이 찌고 있다. 내가 처음 이탈리아에 발을 들여놓았던 십몇 년 전에 살찐 젊은 여자를 보는 건 꽤 드문 일이었다. 그렇다고 내가 여자들의 몸만 훑어보고 다니는 속물은 아니다. 이탈리아에선 수도승이라고 할지라도 별로 어렵지 않게 여자들의 피하지방량을 측정할 수 있기 때문이다. 작열하는 지중해 태양 아래, 어떻게든 그 아름다운 몸을 드러내려는 여자들이 많은 까닭이다. 이탈리아 패션 디자이너들은 고맙게도 옷이란 모름지기 가리기 위한 것이 아니라, 드러내기의 용도로 쓰는 것이라고 믿는 혁신적인 사고방식을 가진 자들이다. 요즘엔 한국에서조차 젖가슴의 일부를 보여주는 게 별로 요란하지도 않은 패션이 되었지만, 십수 년 전에 그 파격적인 디자인을 일상에 끌어들인 건 이탈리아 여자들이었다. 남자들이란 젖 떼고 나서도 여전히 여자들의 가슴골에 머리를 처박고 싶어한다는 걸 일찍이 깨우친 멋진 여자들이다. 왜 아니겠는가. 그 바람둥이 이탈리아 남자들의 상대가 누구겠는가 곰곰 생각해보면 알 수 있는 대목이다.

'시뇨라'라고 부르는 아줌마들의 비만은 어제오늘의 이야기가 아니지만, 젊은 아가씨들이 살이 찌는 건 이 사회에서도 용납이 되지 않는 모양이다. 거리에는 온통 "살을 빼세요"라고 유혹하는 약품 광고가 덕지덕지 붙어 있다. 사족인데, '옥외 광고'라고 부르는 거리 광고판은 이탈리아가 얼마나 아날로그를 사랑하는 나라인지 알게 해준다. 전후의 영화 〈자전거 도둑〉에서 주인공은 거리에서 종이 광고 붙이는 일을 한다. 그런데 이게 아직도 이탈리아 거리 광고의 핵심이다. 한국에서는 그 자리를 번쩍이는 디지털 전광판이 차지했지만, 이탈리아는 여전히 뽀빠이 작업복을 입은 아저씨들이 풀칠을 하는 나무 광고판이 대부분이다. 고

색창연한 로마 시대나 르네상스의 건축물과 전자 광고판은 어울리지 않기 때문일까. 어쨌든 어제 붙었던 "프로슈토 햄 30퍼센트 할인"을 알리는 슈퍼마켓 광고 위로 오늘은 "베를루스코니에게 투표하세요"라는 정치 선전물이 덕지덕지 도배되는 아날로그 종이 광고가 묘한 매력을 던져주는 건 확실하다.

이탈리아 사람들의 건강에 대한 관심은 대단하다(물론 축구나 섹스에 비하면 어림도 없지만). 그래서 여자들의 비만에 대한 연구와 보도도 꽤 많이 쏟아진다. 간혹 엉뚱한 보도도 만나게 된다. 중국 식당에 그 화살을 돌리고 있는 것이다. 이탈리아는 선진국 중에서 외국 식당이 가장 적은 나라 중의 하나다. 외국 음식을 파는 식당은 대개 관광객이 즐겨 가는 곳으로 치부된다. 입맛이 워낙 보수적이기도 하고, 이탈리아 음식만큼은 충분히 맛있기 때문이기도 할 것이다. 그런데 중국 식당만은 좀 예외다. 이탈리아의 중국 식당은 중국인을 손님으로 삼지 않고 이탈리아인들의 지갑을 열게 하는 드문 외국 식당이다. 특히 중식당에서 파는 튀긴 음식들은 이탈리아인들을 열광시키는데, 춘권을 여성 비만의 원흉으로 모는 언론 기사도 있었다.

굳이 〈금발이 너무해〉를 떠올리지 않더라도, 금발이야말로 전 세계 여자들의, 아니, 남자들의 로망이다. 블론디는 적당히 백치미가 있으며, 아름답고 섹시한 여성이 화룡점정을 하는 꼴이라고들 말한다. 남자들이 왜 그렇게 금발에 열광하는지는 알 수 없다. 하지만 마릴린 먼로나 마돈나가 흑발이었다면 그처럼 뭇 남성들의 로망이었겠는지는 다시 생각해봐야 한다. 세계에서 가장 많이 팔리는 염색약은 그래서 당연히 금색이다. 미국 금발 여자들의 3분의 1은 염색한 것이라는 통계는 꽤 의미심장하다. 금발 백인 여자는 빼고 더할 것 없는 가장 완벽한 외모를 의미하기 때문이다. 달리 말하면, 남자들이 좋아하기 때문이라고 해야 옳겠다. 당연히 이탈리아 여자들이 빠질 수 없다. 슈퍼마켓의 염색약 코너는 온통 금색 천지다. 금색도 꽤 다양한 변주가 있다는 걸 슈퍼마켓에 가보면 안다. 지푸라기처럼 푸른빛이 도는 색, 물 빠진 것처럼 투명에 가까운 금색, 레몬 껍질 같은 선명한 노란색, 그야말로 24k 황금색, 구릿빛이 섞인 18k 금색까지 다양하기 그지없다. 금발을 휘날리는 이탈리아 여자들 중에 최소한 7할은 염색인 게 분명한데, 거기엔 내 나름대로의 계산법이 있다. 당신도 거리에서 이탈리아 남자들을 한번 살펴보라. 금발은 거의 찾아보기 힘들다. 신은 유전적으로 남녀 구별 없는 머리카락 색을 주셨을 테니, 계산은 꽤 명료해진다. 마찬가지로, 나는 한국에선 왜 유독 여자들이 남자들보다 훨씬 쌍꺼풀이 많을까 그 특별한 유전적 결과에 대한 논문을 준비중이다. 또한 유치원 아이들의 남녀별 쌍꺼풀 비율은 똑같은데 유독 여자들만 성인이 되어 갑자기 눈이 움푹 파이는 유전적 변이를 일으키는가에 대한 추가 논문도 연구중이다.

금발 염색이 치명적인 것이 금세 솟는 흑발 때문이라는 걸 해본 사람은 다 안다. 새로운 검은 머리는 왜 그리도 쑥쑥 자라는지 짜증이 날 것이다. 이탈리아 여자들은 이젠 더 이상 가족을 위해 밀방망이로 프레시 파스타를 밀지 않고 대신 염색을 한다. 미용실에서 하면 너무 비싸기 때문에 집에서 까다로운 자가 염색을 한다. 금발을 향한 치열한 이탈리아 여자들의 노력에 경배를 바치지 않을 수 없을 것 같다.

이탈리아에 없는 건 이태리타월만은 아니다. 피클이 없다는 건 이미 다른 책에서도 얘기한 적이 있다. 귀찮아서 피클을 안 담글 리는 없으니 제발 식당에서 피클을 찾지는 마시라. 이탈리아 음식과 피클이 별로 맞지 않기 때문이다. 이탈리아 음식은 생각보다 자극적이지 않고 부드러우며 섬세한 향을 강조한다. 우리는 그냥 '올리브유'라고 알고 있는 걸 그들은 수십 종을 구별해 쓴다. 지역별, 품종별로 나눠 거기에 맞는 요리를 해먹는 걸 즐긴다. 텔레비전 요리 쇼의 진행자는 종종 이렇게 말한다.

"자, 스파게티를 삶으세요. 스파게티가 끓고 있는 동안 소스를 만들어보죠. 팬에 올리브유, 잠깐! 아무거나 부엌에 있는 걸 쓰시지 마세요. 가능하면 리구리아산을 골라보세요. 아주 부드러우며 톡 쏘는 뒷맛이 일품이랍니다."

우리가 백령도 까나리젓이나 추자도 멸치젓을 골라 쓰고, 순창 고추장을 따져 쓰듯이 원산지를 강조한다. 그건 이탈리아에서 자연스러운 일이다. 기차를 타고 달리다보면 보이는 건 온통 올리브 나무니까.

이렇게 까다롭고 섬세한 이탈리아 요리가 한국에서 고생 좀 하고 있는 건 사실이다. 이건 다 미국 때문인 것 같다. 이탈리아 요리가 한국으로 직수입되지 않고 미국을 통해서(아마도 미군 부대가 거기에 큰 몫을 했을 거다), 그리고 미국 교포 사회나 유학생을 통해서 전래되다보니 원형질이 사라져버린 거다. 그건 자연스러운 일이다. 한국식 자장면이나 짬뽕이 중국과 일본에는 없듯이.

이태리타월도, 피클도 없는 것처럼 없는 게 또 하나 있다. 바로 이탈리안 드레싱이다. 일본사람들이 '이타리아풍 イタリア風'이라고 부르는 바로 그 드레싱이다. 이름부터 수상하지 않은가. 원래 '~풍'이라는 것엔 이미 원형이 사라졌다고 해석해도 무방하다. '물 건너온 것을 내 식대로 만들었다'는 뜻이다. 이탈리아에서 이탈리안 드레싱은 찾을 수 없다. 간혹 내가 하는 식당에서 이 드레싱을 찾는 사람들이 있어서 나도 인터넷에 검색을 해봤다. 맙소사, 이건 이탈리안 드레싱이 아니라 잡탕 드레싱이라고 불러야 맞을 것 같다. 올리브유에 피클과 할라페뇨, 마늘, 닭 육수가 들어간다. 피클과 할라페뇨는 미국 사람들이 먹는 것인데다 신선하고 산뜻해야 할 드레싱에 닭 육수는 또 뭐람. 게다가 아무리 이탈리아 사람들이 마늘을 좋아한다고 해도 샐러드 드레싱에 생마늘을 넣는 경우는 없다.

하긴 내가 일하던 한 식당에서 나를 꾸중하던 손님도 있었다. "아니, 이탈리아 식당에 왜 타바스코 소스도 없어요?"

뭐, 죄송한 일이다. 그렇지만 지금이라도 타바스코 소스를 가져다놓을 생각은 추호도 없다. 내가 만든 샐러드나 스파게티 위에 그 소스가 뿌려지는 광경을 보는 건 내 정신 건강에 별로 좋을 것 같지 않아서다. 당신도 내 식당에서 정신 나간 요리사가 만든 음식이 나오는 걸 바라지는 않겠지?

한국의 슈퍼마켓에서도 이탈리안 드레싱이라는 걸 파는데 더 황당하다. 성분표를 보면 올리브유 대신 더 싼 다른 식물성 기름이 들어간다. 아무튼 이탈리아 사람들은 먹지 않는 드레싱을 이탈리아라고 이름 붙여 파는 이 상술의 근거는 뭘까.

하여튼 이탈리아의 식당에서 샐러드를 시키면 왜 이탈리아 음식을 '간결'이라고 규정짓는지 알게 된다. 올리브유와 식초, 소금만 딱 뿌려서 나온다. 밋밋할 것 같지만, 그런 간결한 드레싱은 채소 고유의 맛에 더 집중하게 해준다. 채소를 하나하나 씹어보시라. 그 아삭하고 쓴맛에 휘발성의 정유精油가 배어 있다. 상추에서는 상추 맛이 나고, 샐러리에서는 샐러리 맛이 난다. 그 맛을 음미하다보면, 왜 샐러드에 드레싱을 왕창 뿌리지 말라고 하는지 알게 될 것이다.

이탈리아와 한국 음식엔 상당히 유사한 점이 있기는 하다. 매운 고추와 마늘을 많이 쓴다는 오해는 제쳐두고서도 그렇다. '많이' 와 '즐겨'는 상당히 다른 뉘앙스다. 이탈리아에서 마늘은 즐겨 쓰는 재료지 '많이' 쓰는 건 아니니까. 그중의 하나가 소 내장 요리다. 한번은 토스카나를 여행할 때의 일이다. 한 슈퍼마켓에 들러 장을 보고 있었다. 뭐를 해 먹을까, 고민하던 내 눈에 번쩍 들어오는 것이 있었다. 정육 코너의 진열장에 양털로 짠 담요 뭉치 같은 '무엇'을 발견한 것이다. 내 일행은 호기심을 갖고 그걸 보았다. 요리해줄까,라는 내 제안에 그들은 뚱하게 바라보고 말았는데, 저걸 어떻게 먹느냐는 뜻이렸다. 나는 그걸 샀다. 값도 통쾌하게 쌌다. 그렇다. 이런 부산물은 가격이 착하다고 하기에도 민망하게 싸다. 그렇게 산 담요 뭉치를 가볍게 손질했다. 소의 몇 번째 위냐고는 묻지 마시라. 네 개의 위 가운데 하나일 텐데 희한하게 외워도 외워도 매번 틀린다. 벌집처럼 생긴 녀석, 까칠한 흑색 담요, 어린 양털 같은 부드러운 노란 담요, 그리고 붉은색의 오줌보처럼 생긴 녀석까지 제각기 다 다르다. 이런 질문을 받을 때마다 나는 애꿎은 화풀이를 소에게 하곤 한다. "남들은 하나밖에 없는 위가 왜 여럿 달려서 나를 애먹이니" 하고.

이탈리아의 소 내장은 고맙게도 손질이 잘되어 있고, 게다가 이미 익혀서 판다. 이건 다시 말해서 소비자는 그냥 사서 대충 씻은 후 바로 요리할 수 있다는 뜻이다. 그럼 이 내장으로 맛있는 한국식 곱창 요리를 해먹는 법을 알려드리겠다. 미리 경고하건대, 제발 음식 찌꺼기는 화장실 변기에 버리지 말자. 다음에 들르는 한국인이 당신 몫의 욕까지 한꺼번에 다 얻어먹는다. 케 카초 스타라니에리!(이런 빌어먹을 외국인 같으니라구!)

먼저 닭 육수를 끓여둔다. 닭 한 마리에 마늘 5톨과 화이트 와인 반 컵을 넣어 푹 끓인 후 육수를 받아둔다. 내장은 먹기 좋은 크기로 숭덩숭덩 썰어둔다. 호박, 양파와 대파도 썰고 마늘은 다진다. 냄비에 물을 약간 끓여서 화이트 와인을 살짝 치고 썰어둔 소 내장을 한 번 데친다. 이러면 냄새가 다 빠진다. 독일산 양배추 김치사우어크라우트를 적당히 넣고 모든 재료를 함께 넣어 끓인다. 마지막에 이탈리아산 고춧가루를 약간 넣어 매운맛을 낸다. 특별한 비결도 없지만 야들야들하게 씹히는 소 내장이 알차고, 국물은 시원하고 새콤해서 아주 맛있는 소내장탕이 된다. 물론 내 일행은 열광적으로 이걸 즐겼는데, 그게 한국 음식에 대한 향수 때문이었는지 진짜 그 음식이 맛있어서였는지는 모르겠다.

물론 이탈리아식으로 요리할 수도 있다. 양파, 당근, 샐러리를 잘게 썰어서 올리브유에 볶는다. 슬쩍 이탈리아 고추 페페론치노 말린 것을 넣어 맵게 볶는다. 매운 연기가 나서 눈물이 나면 딱 좋은 거다. 거기에 썰어둔 소 내장을 넣고 한 번 더 볶는다. 너무 오래 볶으면 질겨진다. 타임이나 로즈마리 다진 것을 조금 넣고 토마토소스를 부어 뭉근하게 한 번 끓이면 완성되는 간단한 요리다. 여기에 파르메산 가루 치즈나 양젖 치즈를 뿌려내는데, 겨울밤 이탈리아의 서민들이 즐기는 전통 요리다. 레드 와인을 곁들이고 마른 빵을 찍어 먹어야 제 맛!

이탈리아는 생선이 흔한 나라다. 그렇지만 생선 요리가 발달한 것 같지는 않다. 굽고 찌고 튀기는 기본 요리법이 대부분이다. 요란한 소스나 곁들이는 부재료도 별로 없다. 올리브유를 듬뿍 바르고 소금을 치는 것이 요리의 전부가 아닌가 생각될 때도 있다. 내 후배는 이탈리아에 유학 가서 생선 요리를 제대로 배워보겠다고 해안 지대의 유명 식당에 갔다. 그가 귀국해서 내게 한 하소연은 이랬다.

"싱싱하면 굽고, 덜 싱싱하면 찌고 조리는 거 하나는 확실히 배웠죠. 문제는 그게 전부라는 점이죠."

이탈리아에서 매주 금요일은 생선을 먹는 날이다. 금요일이면 허술한 동네 식당에도 특별한 생선 요리를 부탁할 수 있다. 우리 같은 여행자라면 금요일 저녁에 식당에 들르면 스페셜한 생선 요리를 먹는 게 가능하다. 물론 나폴리나 베네치아 같은 해안 도시에 가면 일주일 내내 맛있는 생선 요리를 고를 수 있다. 대부분 관광객을 겨냥한 식당이지만, 솜씨도 좋고 바가지 같은 건 거의 씌우지 않으니 믿고 들러도 좋다. 식당 밖에 얼음을 채워둔 진열대 안에 생선이 나란히 누워 있다. 간혹 당신이 좋아하는 게나 새우가 있는 경우도 있는데 값이 만만치 않으니 섣불리 시키면 낭패를 본다. 어쨌든 적당한 크기의 생선 한 마리를 골라 손가락으로 가리키면 요리법을 물어보는 경우가 많다. 그릴 할 것이냐, 찔 것이냐를 묻는다. 한국 사람은 굽는 걸 좋아하므로 그릴을 부탁하는 게 좋다.

구운 생선은 웨이터가 접시에 담아 당신 테이블로 가져온다. 그리고 멋진 도구를 이용해서 그 생선의 살을 정말 기막히게 발라준다. 〈생활의 달인〉에 나올 만한 솜씨다. 한 손에는 칼, 다른 한 손에는 포크와 숟가락을 들고 정확하고 재빠른 기술로 살을 발라내는데 한 치의 오차도 없다. 머리에 포마드를 바른 나이 든 웨이터가 스윽 슥, 도구를 놀리는 걸 보면 경탄을 하게 된다. 당연히 당신은 약간의 팁을 준비하는 게 옳다. 쇼를 봤으면 돈을 내야 하는 거 아닌가. 주방에서 미리 자르거나 살을 떠서 요리할 수도 있지만, 누군가에게 할 일을 준다는 건 모두에게 즐거운 경험이 아닐 수 없다.

이탈리아행만큼은
이탈리아 국적기를 피하고 본다

여행의 즐거움은 비행기를 타면서부터 시작되곤 한다. 나는 외국을 갈 때는 가급적 해당 국가의 국적기를 이용하는 걸 즐긴다. 비빔밥과 고추장은 없더라도 뜻밖의 근사한 서비스를 받을 수 있기 때문이다. 프랑스 국적기 말고 어디에서 식사 시간마다 입맛 돋우는 식전 음료와 식후의 소화를 위한 달콤하고 독한 리큐르 서비스를 받을 수 있단 말인가. 비록 내가 이코노미의 좁아터진 가운뎃줄 5인용 좌석에 처박혀 있다고 하더라도. 여담인데, 나는 이코노미 클래스의 설계자는 가학증에 빠져 있는 사람들이라고 확신한다.

그렇지 않고서야 가스실 의자보다 조금 더 불편해 보이는 그런 좌석을 설계했을 리가 없다.

국적기를 즐겨 타는 건 사실, 가슴 두근거리는 여행의 출발을 명확하게 알려주는 탓이다. 예를 들면, 로마행 비행기에서 "레이디스 앤 젠틀멘"이라고 기내 방송이 나오는 것보다는 "시뇨레 시뇨리 본 조르노"라는 멋들어진 이탈리아어 발음이 귀에 꽂히는 편이 훨씬 낫지 않겠는가. 해당 국가의 국적기를 타는 순간 우리는 열 시간 정도는 먼저 그 나라의 국경에 들어서는 셈이 된다.

그렇지만 나는 이탈리아행만큼은 이탈리아 국적기를 피하고 본다. 저 멀리 동남아시아 어느 나라 국적기의 스튜어디스처럼 무릎걸음으로 눈을 맞추고 서비스하는 것까지는 바라지도 않지만, 그래도 돈 낸 만큼은 대우받기를 원하는 게 인지상정인 까닭이다. 비행기를 타면 쭉쭉 뻗은 지중해 미인들이 서빙을 시작…… 할 것 같지만 그건 큰 오산이다. 악명 높은 콜로세움이나 바티칸에서 입장료 받는 아줌마처럼 신경질적인 스튜어디스를 만나면 이 모든 환상이 깨져버릴 테니까. 이탈리아의 국적기는 국영 기업 내지는 그 사촌쯤 되는 회사여서 승무원 대신 공무원을 가득 태우고 다닌다. 세무서나 법원까지는 아니어도 구청 공무원들이 당신에게 밥을 나르고 와인을 따르는 장면을 생각해보라. 나는 어디서 빚을 좀 내보려고 해도 관청으로 도장 받으러 다니는 일이 끔찍해서 포기하는 사람이어서 일단 그런 부류들을 만나는 걸 유별나게 생각하는 경향이 있다는 걸 인정한다. 그렇지만 당신 역시 커피 한 잔을 더 얻어 마시려고 세 번쯤 승무원을 부르는 걸 좋아하지는 않을 거다.

"커피요? 우선 3층에 가서 지방세과와 내국세과를 경유해서 보증인을 세우시구요, 인감은 물론 두 통이 필요한데 용도란에 '커피 청구용'이라고 명시해서 발급된 걸 사용해야 합니다……"

다행스러운 건 그래도 와인과 미식의 나라답게 두 번쯤 있는 식사 시간을 실망시키지는 않는다는 점이다. 반대편 줄은 이미 서빙이 끝났는데도 세월아 네월아 하며 천천히 음식을 나눠주는 승무원을 만나지만 않는다면. 이탈리아는 프랑스와 선두를 다투는 세계 1위의 와인 생산국이자, 소비국이다. 여전히 이탈리아를 지푸라기로 감싼 싸구려 키안티 와인이나 만드는 나라로 오해하는 이들도 있지만, 그건 천만의 말씀이다. 프랑스 그랑 크뤼 와인들을 위협하는 기백만 원짜리 와인들이 즐비하며 더 놀라운 건 앞으로 더 놀라운 와인들이 쏟아져나올 것이기 때문이다. 이탈리아 와인은 묽고 싱거우며 시큼했던 과거의 죄악을 깔끔하게 고해성사해버린 셈이다. 섹시한 여자처럼 혀를 감아 돌리는 달콤한 집중력, 태양이 선사하는 농후한 질감, 거기다 좋은 가격까지, 세상은 이탈리아 와인에 놀라고 있다.

그렇지만 아쉽게도 이런 최상급 와인은 이코노미의 우리들에게 서빙될 리 없다. 그래도 물에 포도즙을 탄 듯한 엉터리 와인을 내지는 않으니 얼마나 다행인지 모른다. 게다가 음식이랑 먹기 딱 좋다. 좀 오일리한 이탈리아 음식에는 역시 와인을 곁들여야 제격이다. 더구나 서울의 웬만한 호텔 레스토랑보다 더 맛있는 스파게티가 나온다는 건 기대할 만하다. 심지어 달걀 향이 폴폴 나는 탈리아텔레가 나온 적도 있다. 단, 넋 빠진 승무원이 기내 부엌의 오븐에 스파게티 파우치를 오랫동안 처박아두지 않는다는 전제가 필요하긴 하지만.

비행기 얘기가 나왔으니 말인데, 국적기의 공무원식 서

비스는 애교에 불과할지도 모른다. 이탈리아 국내선의 끔찍한 경험에 비하면 그렇다. 아아, 이건 '나는 이렇게 죽음을 보았다'는 임사臨死 체험 기록이라고 해도 좋다. 작년에 나는 이탈리아 내륙에서 시칠리아행 비행기를 타야 했다. 바야흐로 유럽의 하늘은 저가 항공의 대격돌 시대다. 듣도 보도 못한 소규모 항공사들이 저마다 낮은 가격을 내세우며 치고받고 있는 형국이다. 심지어 '1유로'에 유럽 주요 도시를 연결하는 상품을 팔기도 한다. 물론 대부분의 사람들이 이미 알고 있듯이 전형적인 미끼 상품이어서 광고를 보고 해당 항공사의 어떤 상품을 클릭해도 1유로짜리는 발견할 수 없다. 일종의 보물찾기 같은 상품이어서 이를테면, '탑승일 28일 전 오후 3시부터 딱 20분간 선착순 다섯 좌석 바르셀로나와 런던 간 비행기' 하는 식으로 한정되기 일쑤다.

그렇지만 국적기보다는 훨씬 싼 일반 요금이 주머니 가벼운 여행자를 유혹한다. 나도 이런 이점에 덥석 베로나에서 시칠리아로 가는 비행기표를 끊었다(기차는 자그마치 열다섯 시간 정도를 투자해야 한다. 침대칸 옆에 누운 어린 연인들의 스킨십 소리를 들어가면서 그 짓을 한다는 건 고문이다). 그것은 악몽의 시작이었다. 내 비행 이력에 한 번도 등장하지 않았던, 신기한 기종의 비행기가 베로나 공항 활주로 구석에 웅크리고 있었다. 나는 나중에 이 비행기의 이력을 인터넷으로 조회해볼 수 있었는데, 해외 토픽에 관심이 많은 사람들이라면 스페인에서 있었던 백오십여 명의 목숨을 앗아간 2008년 최악의 추락 사고나, 역시 백여 명이 사망한 중국 국내선 추락 사고를 어렴풋이 들어봤을 것이다. 이 기종의 이름은 두둥, MD-82! 워낙 사고가 잦은 노후 기종이라 웬만큼 이름 있는 항공사에서는 절대 운항하지 않는 비행기다.

어쨌든 나는 이 비행기가 고른 열댓 명의 불쌍한 번지 점퍼에 속하고 말았다. 비행기 내부는 마치 2차 대전 때 공수부대원을 나를 때 쓰던 수송기의 내부와 비슷했다. 장식이라곤 기체 벽면을 얼기설기 때운 흔적처럼 보이는 녹슨 리벳이 다였다. 짐을 얹는 선반은 문이 제대로 닫히지 않아 비행기가 요동칠 때마다 '하울의 움직이는 성'처럼 덜커덩거렸다. 심하게 흔들릴 때는 비행기 동체의 앞쪽과 뒤쪽, 가운데가 곡선 주행 하는 기차처럼 따로따로 놀았다(비행기도 일종의 절지동물이군). 금방이라도 공중분해되어버릴 것 같은 불안감이 나를 엄습했다. 소음은 또 얼마나 큰지

나는 혹시 증기기관차를 잘못 탄 것이 아닌지 의심해야 했다. 나는 이 비행기가 다른 기종의 갑작스러운 사고로 폐차장, 아니, 폐기장에서 불려나온 것이 분명하다고 믿을 수밖에 없었다. 비행기는 힘겹게 활공했고, 작은 바람에도 온몸을 부르르 떨었다. 비행기는 쉼 없이 주저앉았다가 떠오르기를 반복했다. 한번은 수백 미터는 좋이 푸욱 가라앉던 중 졸던 조종사가 깨어나서 겨우 다시 활공을 하기도 했다.

"하부알!"

하느님, 부처님, 알라신님! 나는 여러 종류의 신을 찾으며 구토 봉지를 들고 있어야 했다. 저쪽 부엌에서 커피 판매(그래, 빌어먹을 이 비행기는 커피 한 잔도 돈을 받는다)를 시작한 승무원은 얼마나 비행기가 흔들리는지 절반쯤을 지나는 데 30분은 족히 써버릴 지경이었다.

비행기는 어찌어찌 시칠리아에 착륙했다. 조종사는 마지막까지 곡예비행의 쾌감을 승객에게 선사했다. 착륙을 위해 바퀴를 꺼내는데, 마치 공중 충돌을 한 것 같은 굉음이 났던 것이다. 그 바퀴가 아직 굴러갈 수 있는 내구력이 있기만을 신께 빌었다. 동체착륙이라도 하듯 엄청난 굉음으로 활주로에 부딪치듯 닿았는데, 승객들은 불시착한 게 틀림없다고 생각했을 것 같다. 이 어이없는 롤러코스터의 초대객들은 모두 서로의 안부를 묻는 심정으로 파리한 눈빛을 교환했다. 등줄기가 서늘했지만, 가슴팍은 땀으로 흠뻑 젖었다.

"편안한 여행되셨습니까……"

나는 이 지옥의 탑승 이후 이탈리아 국적기를 놀리는 짓은 그만두기로 했다. 서비스가 좀 형편없긴 하지만, 적어도 은하철도999 같은 날아다니는 증기기관차는 아니니까.

국적기든 무슨 항공사든, 로마나 밀라노 공항에 도착했더라도 여행이 끝난 건 아니다. 이제 진짜 여행이 시작될 참이다. 우선 내 짐이 제때 도착했는지 이탈리아 수상도 절대 보증할 수 없다는 건 이탈리아에선 상식으로 통한다.

영어를 잘 모르는 내 친구 하나는 로마 공항에 내려서 'Baggage Claim'이란 화살표 안내판을 보고 이렇게 생각했다고 한다.

"아, 역시 이탈리아답군! 얼마나 클레임이 많으면 아예 안내판을 저렇게 커다랗게 써놓았을까."

사실, 이건 전적으로 틀린 말은 아니다. 워낙 짐을 잃어버리는 경우가 많기 때문이다. 다만 클레임을 걸어봐야 당신 짐을 잘 찾을 확률은 그다지 높지 않다는 게 문제다. 도착하지 않은 짐을 찾기 위해서라면 당신은 단단히 마음을 먹어야 한다. 접수계원은 열심히 컴퓨터 화면을(배불뚝이 흑백 화면 속의 커서조차 한 번씩 깜빡이는 데 5초는 걸리는 것 같다) 쳐보지만, 그것은 당신 짐을 찾기 위한 것이라기보다 일종의 쇼맨십 정도라고 이해하면 된다(최선을 다하고 있다구요!).

당신 짐이 사라지면서 컴퓨터가 찾을 수 있도록 위치 추적기를 붙이고 다닐 리는 없다. 접수계원은 당신이 인내심을 가질 만한 시간을 충분히 할애한 후 당신을 돌려보내기 위해서 아쉬운 표정을 지을 것이다. 그리고 씩 웃으면서 특유의 이탈리안 제스처로 두 팔을 활짝 벌리며 턱을 쓰윽 내민다. '아, 글쎄 세상일이 다 그런 것 아니겠수.'

비행기 얘기가 나온 마당에 좀 다른 이야기를 하나 하자. 나는 특별한 이유에서 외국 여행을 할 때 김치 휴대를 극력 반대한다. 내 친구 하나는 취리히 공항에서 마약견의 급습을 받은 적이 있다. 짐 뒤짐을 샅샅이 당해야 했는데, 이내 그 원인을 알아냈다. 마악, 잘 익은 포장 김치 봉지가 폭발을 했던 것이다. 미증유의 그 냄새가 어리버리한 마약견의 후각을 혼동시켰던 것일 게다. 최근에 유명한 어느 김치 회사 포장 담당자는 아주 혁신적인 기술을 개발했는데, 그건 포장지에 미세한 공기구멍을 뚫는 일이었다. 김치 봉지가 폭발해서 마약견을 불러오지는 않을지 몰라도 이 역시 고약한 건 마찬가지다. 폭발하지도 않으면서 끊임없이 김치 냄새를 풍겨낸다는 거 아닌가. 나는 예전에 책에서 읽은 한 금언을 꽤 신봉하는데, 딱 한 줄의 문장이다.

"○○가 아름다운 건 그것이 제자리에 있기 때문이다."

○○에 무엇이든 대입해보시기 바란다. 꽤 그럴듯한 금언이 될 테니까. 김치도 식탁에 있을 때 먹음직스럽다.

항공 사정뿐만 아니라 이탈리아의 배송 시스템은 이해 못할 혼란에 사람들을 빠뜨린다. 지금도 이탈리아는 한국과 우체국 특송 서비스EMS가 안 되는 나라다. 그 잘난 국제 특송 서비스, 예를 들면 DHL 같은 것도 얼빠진 짓을 하는 건 이탈리아니까 가능한 일이다. 언젠가 서울에서 라구사라는 남부 시칠리아 도시로 부친 짐이 이탈리아 반도 북부의 베르가모에 도착해서 잠을 자고 있는 걸 뒤늦게 발견한 적이 있다. 열흘이 넘어서야 나는 그 화물을 받을 수 있었다. 요즘은 국제 특송이 비행기 대신 화물선을 이용할 때도 있나보다. 요는, 여기는 이탈리아라는 사실을 상기하는 수밖에 없다. 이탈리아니까! 그렇다. 그렇게 생각하는 편이 심사 편할 때가 많은 것이다.

비행기를 타고 이탈리아에 내리면 기차를 타고 어디론가 다시 움직이게 된다. 이탈리아는 철도망이 아주 잘되어 있다. 그런데 비행기에서 뺨 맞은 후에 기차라고 당신 편을 들어줄 거라 믿으면 오산이다. 로마 제국이 융성할 수 있었던 건 법률과 도로망 덕분이라고 하는데, 이건 틀린 말이 아니다. 문제는 그 도로와 철길을 달리는 버스와 기차가 제 시간에 맞춰 다니지 않는다는 점이다. 기차역에서 표를 구하는 일은 또 어떻고. 다행스러운 건 공항의 분실 수화물 접수계원과 달리, 매표원은 어떻게든 우리를 도와서 해결을 해준다는 점이다. 그러나 끝도 없이 길게 늘어선 줄은 매표원을 만나는 걸 방해한다. 자동발매기는 없냐고? 아무렴, 물론 있지.

그런데 복잡한 인터페이스는 우리 같은 초보 여행자들을

더욱 혼란에 빠뜨린다. 로마 테르미니 역에서 나는 그 빌어먹을 자동발매기를 마구 걷어차는 녀석을 보았다. 그는 이탈리아어로 욕을 하고 있었는데, 내국인조차 혼란에 빠뜨리는 기계라면 볼 장 다 본 거지, 뭐. 자동발매기가 왜 탱크처럼 튼튼한 금속으로 만들어져 있는지 짐작이 가지 않는가. 나는 몇 번 시도를 해보고 그 이유를 알았다. 겨우겨우 단계를 넘어가 막상 지불 시점이 되면 기계가 먹통이 된다. 5분 정도 걸린 과정을 처음부터 다시 시작해야 한다. 뒤에는 줄이 길게 서 있고…… 놈을 걷어차봐야 별 소용이 없으니, 도로 매표원을 만나기 위해 줄을 서러 가시라. 그나마 줄이 빨리 줄어드는 창구의 싹싹한(이건 '덜 느린'이란 뜻일 뿐이다) 매표원이 업무를 마치고 창구 셔터를 내려버리기 전에.

'내가 다시 이노무 나라를 찾으면 성을 간다'고
이를 간다……지만

간혹 이탈리아는 여행자를 당황하게 한다. 여기서 '간혹'이란 한·이 우호 관계에 혹시라도 금이나 가지 않을까 몹시 신경 써서 고른 낱말이라는 걸 이 책의 독자들은 알겠지만서도. 어쨌든 내가 이탈리아 땅을 돌아다닐 때 가장 황당했던 상황을 순서 무시하고 궁시렁거려보면 이렇다.

—제발 내게 길 좀 묻지 마시라. 내가 어딜 봐서 이탈리아 사람처럼 생겼냐고. 특히 시골에서 갓 올라온 듯한 할아버지나 할머니들, 대단하시다. 로마를 어슬렁거리는 날 보

고, 아시안 로마 시민으로 인정하시는 걸까. 과거 로마 제국에는 아시아계 시민이 실제로 있었다.

—이탈리아어를 거의 못하던 시절, 이런 노인들은 내가 "죄송하군요, 전 이탈리아어를 할 줄 모른답니다" 대꾸를 하면 "그렇게 잘하는데 무슨 소리 하는 거야?" 하고 집요하게 물고 늘어졌다. 아 글쎄, 하여간 나는 로마 지리를 모른다니까요. 저는 여행자랍니다.

—노인들에게 한마디만 더. 제발 '어디서 왔냐'고 물어보고 '코레아'라고 하면 대뜸 '박두익'이라고 외치지 좀 마시라. 나 같은 올드 보이들이야 알 만한 이름이라고 해도, 80년대생, 90년대생들이 66년 런던 월드컵의 북한 영웅을 어떻게 알겠는가(그는 이탈리아를 박살내는 헤딩슛을 넣어 8강으로 북한 팀을 견인했다. 이탈리아 팀은 로마 공항에서 썩은 토마토 세례를 받아야 했고, 박두익은 이탈리아인들에게 잊혀지지 않는 이름이 됐다).

—차를 운전하고 갈 때, 조수석에 앉은 사람의 운전면허증은 왜 요구하는지 알다가도 모를 일이다.

—이탈리아 주요 역의 화장실에는 지하철 개찰구 같은 전자 출입 장치가 달려 있다. 그런데 입장료가 자그마치 1유로! 바에서 화장실을 쓰기 위해 커피 한 잔을 시켜도 보통

같은 값이다. 게다가 이탈리아의 에스프레소 맛은 끝내준다. 도대체 국가가 운영하는 철도 화장실에서 받는 1유로는 누구 주머니로 가는 돈일까.

—기차가 연착하는 건 좋다. 미리 알려만 다오. 늦었다고 택시 타고 지랄해서 도착했는데 그제야 30분 연착이라고 뜬다. 똥 마려운 걸 참고 기다리면 그 시간이 다 되어서야 다시 30분 추가 연착이란다. 나, 똥 싼다, 거의.

—제발 내게 대마초 사라고 은근슬쩍 다가서지 말라. 더 못 견디겠는 건 꼭 이런 녀석들은 대마초에 취해 입에서 그 특유의 풀 냄새(몹시 고약하다)를 풀풀, 풍긴다는 사실이다.

—자기 호주머니에 담뱃갑 꽂아놓고 내게 담배 하나만 달라고 하지 말라. 씨바, 내 눈은 졸로 보이니. (이탈리아의 담배값이 비싸긴 하다. 보통 5유로약 8천 원가 넘는다.)

—싸구려 식당에서 아무리 바빠도 접시 좀 손님에게 던지지 말라. 너희들이 그레코 로만 시대의 원반던지기 선수를 할아비로 둔 건 알겠지만 그렇게 티까지 낼 필요야 없잖니. 이 친구들이 뭐 던지는 건 오랜 관습인 것 같다. 버스표 한 장을 사도 아줌마들은 잔돈을 꼭 그놈의 플라스틱 잔돈받이에 획획 짤그랑, 던져댄다. 윽, 하고 뭐가 치밀어오

르는데 내 얼굴을 빤히 보면서 웃는다. 그러면서 "그라치에 고마워요" 한다. 사람 바보 만드는 동전 던지기, 그만하셔도 될 것 같다(그것이 이탈리아의 보편적인 관습인 것은 같은데 그렇다고 품위 있는 건 아니라는 확실한 증거도 있다. 고급 호텔이나 식당에서는 그런 광경을 한 번도 본 적이 없으니까).

—경찰서의 도난신고서나 범죄피해신고서에 영어 좀 병기해놔라. 이탈리아어를 알면 그렇게 소매치기 당하고, 얼치기 사기꾼에게 네다바이 씝히겠냐.

뭐, 할 말은 많다만 끝도 없이 찌질이처럼 늘어놓는 것도 성미에 맞지 않으니 그만해야겠다. 그래도 여행의 순간순간에 확실하게 방점을 찍어주시던 로마 공항과 철도에 대한 보고서는 독자들에게 올려야겠다.

이탈리아를 여행하다가 매번 떠나올 때는 '내가 다시 이 노무 나라를 찾으면 성을 간다'고 이를 갈다가도 분노는 탈색되고 거기에 맛있는 파스타가 총천연색으로 오버랩된다. 그런 호감(엄밀히 말해서 식욕이겠지)을 가득 안고서 시작한 여행은 처음부터 삐걱대기 시작한다. 한번은 동행인이

시를 쓰는 최갑수였는데, 그는 느긋하기 짝이 없는 전형적인 슬로우 맨이어서 시시때때로 터지는 나의 분노를 자동제어하는 탁월한 능력이 있었다.

"아이고, 형. 대충 참읍시다. 절마들(저 녀석들이라는 경상도 사투리)한테 씨알도 안 먹히겠소. 히히."

안 그래도 나이별로 걸린다는 시차 적응 날짜는 역시나 나흘이 넘어서야 내 사십대의 몸을 겨우 추스르게 해주었는데, 여행은 꼬일 뿐이었다. 그 하이라이트는 역시 마지막 여정이었다. 우리를 독일로 실어나를 독일 국적기(가난한 우리는 직항 대신 독일 경유 서울행 비행기표를 가지고 있었다)는 아침 6시 반에 뜨기로 되어 있었다. 그런데 로마 시내에서 공항까지 가는 열차편이 없었다. 그 이름도 자랑스러운 레오나르도 다 빈치 열차는 공항과 로마 시내를 30분에 연결시켜주었다. 그런데 이 자랑스러운 국가 철도의 첫 열차가 공항에 도착하는 시간은 6시 20분. 당연히 공항 검색대를 통과하고 이동 거리를 감안하면 6시 반 비행기는 절대 탈 수 없었다. 로마 공항은 물론 5시부터 비행기가 시종 뜨고 내렸다. 그러니까, 귀하신 몸인 기차 승무원이 일찍 출근하는 건 좀 곤란하시니 아침 비행기를 타려는 승객들은 백 유로 내외의 비싼 바가지 택시를 이용하거나 다른 수를 찾아보라는 것에 다름 아니었다. X쌍&*^%$$@@ 따위의 욕이 나오지 않을 도리가 있겠는가. 가난한 우리는 거액의 택시비를 마련할 수 없었고, 아무런 대책 없이 '다른 수'를 찾아내야 했다. 그리고 결국 전날 공항에 도착하여 노숙하기로 결론 내렸다.

하기야, 남의 나라 공항 철도 욕만 바가지로 퍼붓고 보니 한국도 한심하기는 마찬가지라는 생각이 들었다. 나는 최근의 여행을 모두 공항 철도로 인천공항에 접근했다. 김정일의 특별열차처럼, 기차는 극소수의 비밀 요원들만 이용하는 것 같았다. 나는 한 칸을 통째로 차지하고 약 2백 명분의 에너지를 혼자서 쓰고 갔다. 단돈 3천 원을 내고서 마이바흐를 몰고 간 것보다 더 많은 에너지를 쓴 것이다! 열차 안에는 멋지고 아리따운 여자 승무원도 있었는데, 그녀는 나와 눈이 마주치자 겸연쩍은 듯 씩 웃었다. 그러니까, 나는 김포에서 인천까지 30분 동안 개인 수행원 급의 1등석 서비스를 받은 것이다. 물론 그 비용은 모두 당신 호주머니에서 나온 세금이다. 이런 황당한 상황을 누가 책임지는지조차 알 수 없다는 게 더 황당하지만……

각설하고, 우리는 로마에서 공항으로 가는 늦은 기차를 탔다. 공항엔 이미 취침 모드로 자세 잡고 있는 수많은 승객들이 있었다(그들도 모두 방만한 이탈리아 국가 철도 시스템의 피해자일 것이다). 인천공항의 그 쾌적한 대기실을 연상했던 우리를 기다리는 건 아주 독특한 모양의 벤치였다. 대기실의 벤치는 팔걸이가 고정으로 되어 있어 도저히 다리를 쭉 뻗을 수 없었다. 우리는 절지동물처럼 몸을 삼단으로 구부려 그 벤치에 구겨넣었는데, 나는 인간의 척추가 트랜스포머처럼 유연하게 꺾인다는 사실을 그때 처음 알았다. 최갑수는 그 와중에도 아주 우아하게 코까지 골면서 잠을 잤다. 이 한마디를 남기고서.

"형님, 피곤이 원앙금침입디다."

그래, 최갑수. 원앙금침 맛은 모르겠지만 아무리 피곤해도 삼단새우꺾기는 내 나이의 허리에는 확실히 무리더라.

로마의 제1국제공항은 이탈리아의 관문이다. 공식 이름은 지명을 따서 피우미치노Fiumicino 공항이지만, 별칭은 레오나르도 다 빈치다. 이탈리아 르네상스기 혁신의 총아. 그의 이름이 무색하게 공항은 노숙 승객들의 허리를 작신 꺾어놓을 뿐이었다. 어쨌든 노숙의 제1원칙인 좋은 잠자리 확보는 실패했지만, 깨끗하게 씻을 수 있는 화장실은 있을 거란 기대를 부풀렸다(왜 아닐까. 주요 철도역의 그 한심한 화장실을 생각해보시라).

다행스러운 건 1유로짜리 철면피 수금 기계도 없었고, 드러눕고 싶을 만큼 깨끗한 인천공항 화장실까지는 아니어도 꽤 깨끗한 바닥에 흡족했다는 점이다. 나는 깔끔하게 양치질을 하고 헹구기 위해 수도꼭지에 손을 갖다댔다. 그런데 전자감응식의 그 수도꼭지가 얼마나 야박한지 정확히 3초면 물이 끊겼다. 한 손은 센서에 계속 대고서 '내가 지금 양치질중이거든?' 하고 알리는 한편, 다른 한 손으로는 물을 받아 입을 헹궜다. 그렇게 딱 열 번을 해야 겨우 입을 다 헹굴 수 있었다. 으흠, 나는 신음을 뱉으며 끝까지 이탈리아다운 배려를 아끼지 않는 그 섬세한 설계자들에게 경의를 표해야 했다. 세수는 거의 불가능했고, 나는 물을 한 번 쓱 묻히곤 종이 타월로 대충 닦아내고 말았다.

웃기는 건 그 황당한 전자감응식 수도꼭지 옆에 일회용의 '씹는 양치껌' 자판기가 있다는 사실이었다. 이 놀라운 친절에 넙죽 절이라도 해야 하는 걸까. 나는 혼란에 빠졌는데 더 웃기는 건 콘돔 자판기까지 떡하니 영업을 하고 있었다. 최갑수는 분노에 부들부들 떠는 내가 재미있었는지 실실 웃음을 흘렸다.

"형, 여기 비행기나 열차가 제 시간에 안 떠난다고 열받지 말고 섹스나 하라는 소린가보네. 큭."

제 시간에 안 떠난다구? 어허, 말이 씨가 될지니. 그의 예언은 정확히 맞아떨어졌다. 우리는 아침 5시부터 부산을 떨어 밤새 문을 여는 카페에서 커피 한 잔을 마셨다. 그리고 비행기 티켓을 받으러 그 독일 국적기의 카운터로 이동했다. 이미 적잖은 승객들이 줄을 서고 있었는데 통통한 몸집의 지상 직원이 큰 소리로 손님들에게 떠들기 시작했다. 그가 얼마나 심드렁하게 얘기를 했느냐면, 나는 마치 비행기가 5분쯤 연착한다거나, 기내식에 들어가는 오이가 벌레를 먹어서 양상추로 바꾸었다는 소식을 알려주는 줄 알았다. 비행기가 뜨지 못한다는 통보를 저런 식으로 할 수도 있다니 놀라울 따름이었다. 한국이라면, 이 대목에서 아주 불온한 공기가 공항에서 쫘악, 퍼졌어야 옳았다. 누군가 작당을 해서 공항을 폭파하겠다고 나서거나 누구든 무기가 될 만한 것을 손에 쥐고 의사 표명을 하는 게 당연한 일처럼 여겨졌을 것이다.

잭 블랙을 닮아 배가 나오고 눈이 부리부리한 그 녀석은(물론 이탈리아인이다) 승객들이 항의를 하기 시작하자 볼을 부풀리고 입술을 부르르, 떨며 자신도 얼마나 이 사태를 애석하게 생각하고 있는지 설명하기 시작했다. 볼을 부풀리고 입술을 떤다는 건 '나도 아주 힘들고 괴롭거든' 하는 이탈리아인 특유의 제스처였다. 그의 설명이 끝나자마자 모든 이탈리아인 승객들은 그를 붙들고 자신의 처지를 하소연했다. 그것은 컴플레인이라기보다는 정신과의 카운슬링 장면 같은 것을 연상케 했는데, 그건 아마도 잭 블랙이 전혀 미안한 표정을 짓지 않았다는 데서 비롯한 것 같다. 그는 "뭐, 나도 모른다. 비행기가 지금 못 뜬다. 하여간 그렇게 아시라"고 말할 뿐이었다. 이 와중에도 이탈리아인 승객들은 열심히 새치기를 하고 있었고(글쎄, 비행기가 안 뜬다는데 새치기는 뭣에 쓰려구?), 최갑수와 나는 망연자실하게 허공만 바라보고 있을 따름이었다.

"형, 그런데 재들은 왜 이 판국에 새치기를 하는 거지?"

"글쎄다. 아마도 누가 앞에 서 있는 걸 도저히 참지 못하는 거 아닐까."

이런 한심한 대화만 나누고 있을 수밖에 없었다. 밤을 꼴딱 새우고 줄을 서서 의미 없는 무작정 대기의 시간이 흘러갔다. 다행스러운 건 미안한 표정이라고는 잭 블랙을 능가하는 아줌마 직원 한 명이 겨우 엉터리 전산 시스템을 두들겨 우리 둘이 이탈리아 국적기를 타고 독일까지 날아갈 표를 구해주었다는 점이다. 그 과정은 꽤나 아슬아슬해서, 나는 그녀가 혹시라도 남편과 전화로 싸움을 하면 어쩌나 마음을 졸이고 있었다. 그렇게 되었다면 우린 며칠은 꼼짝없이 그 빌어먹을 로마 공항에서 톰 행크스처럼 지내야 했을지도 몰랐다. 더구나 여승무원과의 로맨스 같은 건 절대 일어날 수 없다는 걸 나는 아주 잘 알고 있어서, 부랑자로 공항에서 지낸다는 건 끔찍한 일일 게 분명했다.

어찌어찌 이탈리아 국적기를 타고 독일 땅에 도착했다. 다 식어빠진 커피 한 잔을 날라주던 그 비행기의 여승무원은 아예 팔짱을 끼고 손님에게 작별 인사를 했다(대한항공이나 아시아나 서비스 욕하는 분들, 정말 이런 비행기 한번 타보셔야 한다). 우리는 최악의 기분으로 이탈리아 국경을 넘어선 것이다.

이탈리아 국적기는 거의 빈사 상태에 있는 게 분명했다. 천문학적인 적자 때문에 파산 지경에 몰렸다는 기사가 신문에 오르내리고 있었다. 오죽하면 공항 카운터에 "승객 여러분께 새 소식을 전합니다. 우리가 다시 일을 합니다"라고 적어놓았겠는가(분명한 건 여러분도 알다시피 그다지 일을 하는 것처럼 보이지 않았다는 사실이다). 나는 이 비행기 회사가 알리탈리아라고 여러분께만 살짝 알려주고, 절대 동네방네 떠들지는 않을 작정이다. 빈사 상태에 헤매는 그들에게 그건 너무 가혹한 일일 것 같으니까.

viii

논 체 프로블레마!
(아무 문제 없어요!)

이탈리아도 일식 열풍이 분다. 아, 내가 일하던 그 인구 5만 명의 시골 마을에도 일식당이 들어섰으니 말 다 했다. 그렇지만 제대로 된 일식이라고는 말하지 못하겠다. 도시 곳곳에 있는 일식당의 수준이라는 게 도대체 가늠이 안 되기 때문이다. 스시라고 해봐야 요리 학원 실습생 수준의 캘리포니아 연어롤이 고작이고, 생선회는 거의 찾아보기 힘들다. 그나마 롤은 일식의 정체성을 가진 요리라고 할 수 있을 것이다.

대개는 정체불명의 요리를 일식이라고 주장한다. 그도 그럴 것이 일식이라고는 거의 배우지 못한 중국인 요리사들이 요리를 하기 때문이다. 요리사라면 주방 풍경을 척 보고 그 정체성도 눈치채기 쉽다. 일식당 간판을 달고는 있지만 일본인 요리사 대신 임금이 싼 중국인을 고용한다. 원래 중국인 요리사들은 무지막지하게 생긴 커다란 사각 칼로 온갖 요리를 다 해내는 기술을 가지고 있는데, 그들이 다른 나라 요리를 하더라도 마찬가지다. 일식당 주방에서 길쭉한 회칼 대신 넓적하고 커다란 사각 칼을 들고 재료를 썰고 있으니 이탈리아 일식당의 정체성은 대개 표시가 나게 마련인 것이다.

그래도 이탈리아인들이 그 사실을 알 리 없고(또는 알아도 아무 상관하지 않아서) 장사는 잘되는 집들이 많다. 나는 언젠가 이런 사실이 불편해서 입이 간질간질했었다. 임금님 귀는 당나귀 귀라고 외치고 싶었던 것이다. 글쎄, 너희들이 일식당으로 알고 있는 그 집의 요리사들이 누군지 알아? 일본인 좋아하시네, 다들 중국인들이라고!

근데 그게 아니었다. 이탈리아인들에게 그런 사실은 그

다지 중요한 게 아니었다. 내 이탈리아인 친구는 "어, 그래?" 하고 그냥 웃어넘기고 말았다. 그러고 보니 그렇다. 당신 같아도 독일 식당의 주방에서 오스트리아인이 일하는지 체코인이 일하는지 알게 뭐냔 말이다. 음식도 그렇다. 한국의 자칭 프랑스 식당에서 이탈리아 음식을 판다고 뭐라고 하는 사람은 본 적이 없다. 우리에겐 어차피 물 건너 알 수 없는 음식이기 때문이다. 스페인 식당에서 파스타를 팔든 프랑스 식당에서 피자를 팔든, 우리 눈엔 가락 국수나 우동 국수나 그게 그거인 것처럼 말이다.

유럽이 대부분 그렇듯이 이탈리아도 마약 문제로 골치를 썩인다. 마약이란 원래 들이마시고 조신하게 앉아서 철학이나 인생을 논하라고 있는 게 아니어서 꼭 사고를 낸다. 오죽하면 이탈리아에선 오토바이 면허를 내줄 때 마약 검사를 하기로 결정했을까. 거리를 걷다보면 이런 친구들을 만나는 게 그다지 어렵지 않다. 어차피 취직해봐야 우리나라의 88만 원 세대처럼 쥐꼬리 비정규직이 고작이니, 차라리 놀면서 마약이나 하는 것일 게다.

그런데 이 녀석들은 그 자유로운 영혼을 강조하기 위해

피어싱과 문신을 즐긴다. 혓바닥 피어싱보다 끔찍하지는 않지만 상반신을 백 호짜리 캔버스처럼 쓰는 것도 보기 드문 광경이 아니다. 게다가 마약에 취해서 벌건 눈으로 나 같은 여행자들을 노려보는 건 더더욱 꺼림칙할 수밖에 없다. 한국 같으면 뒤통수라도 한 대 후려치고 "집에들 가, 인마" 하겠지만(내가 정말 그러고도 남을 위인이라는 걸 잘 아는 아내는 이런 말을 들으면 불안에 떨며 노심초사한다) 남의 땅에서 그러기도 쉽지 않다. 그러니 사우나에서 '형님들'을 만난 것처럼 고개 푹 숙이고 "어이, 나카무라" 하고 찍자를 붙어도 군소리 없이 제 갈 길을 가야 한다. 이 녀석들은 눈 찢어진 동양인 남자를 보면 나카무라라고 외치는데, 왜 그렇게 되었는지는 나도 모른다.

이탈리아 사람들은 문신을 꽤 좋아한다. 영화 〈넘버3〉에서 최민식이 깡패들에게 외쳤던 것처럼 "네 몸이 도화지냐. 그림을 그리게"라고 할 정도는 아니지만, 몸 이곳저곳에 크고 작은 문신을 새겨넣은 젊은이들이 많다. 나름 센스 있고 이그조틱한 문신을 즐기는 경우도 왕왕 있다. 이국 문자를 티셔츠나 몸에 새기는 건 어느 나라 젊은이나 마찬가지로 좋아하는 일인가보다. 한글은 못 보았지만 한자는 등장하기도 한다. 대개는 사랑 애愛나 용맹할 용勇 같은 그럴듯한 글자다. 그런데 어느 문신업자의 장난인지는 모르겠지만, 엉뚱한 글자도 튀어나온다. 훔칠 도盜나 망할 망亡 자가 새겨진 한심한 녀석들의 팔뚝을 보면 슬며시 웃음이 나온다. 그래도 얼굴이 빨게질 만큼 창피할 일은 아니다. 한국의 아름다운 아가씨들이 "Juicy mountain"이라거나, "This is free!"라고 쓰여진 티셔츠를 입고 다니는 것보다는 점잖다. 학교 영어 시간에 졸면 결국 성적成績도 추락하고 성적性的 이미지도 추락하는 셈이다.

신체발부수지부모라, 제 몸에 뭘 새긴다는 게 마뜩찮게 여겨지는 한국에서 문신은 정말 대단한 터부였다. 그래서 몸으로 먹고사시는 '형님'들은 그 세계에 들어서는 첫번째 낙인으로 과감하게 청색 물감 보디페인팅을 하셨던 것이다. 남과 다른 나를 그처럼 적나라하게 24시간 광고할 수 있는 수단도 드물기 때문일 터다. 옛 전사들이(지금도 아프리카나 아마존에서 그러듯이) 적에게 위압감을 주고 스스로 용맹함을 북돋우는 장치로 문신만한 것이 없었던 것과 같다. 우스갯소리로 "문신은 형님들이 하는 것이고, 타투는 노는 애들이 하는 것"이라는 말도 있지만, 이젠 문신은 단순히 혐오감을 주기 위한 도구라기보다 예술의 자기표현 단계로 인정받는 것 같다. 그렇지만 내가 아는 한 친구의 사연을 들어보면 문신(이든 타투든)은 심사숙고할 필요가 있다. 그는 젊은 시절, 꽤 잘나가는 형님이었다. 그가 손을 털기로 결심하고 가장 먼저 한 일은 문신을 지우는 것이었다. 왜 그렇지 않은가. 당신이 저간의 방탕을 손 씻기 위해 머리를 깎았던 것처럼. 그런데 그는 피부과의 레이저 시술 비용을 감당할 수 없었다. 결국 그가 택한 것은 피우던 담뱃불을 이용하는, 그 시절 전매청의 힘을 빌리는 법이었다. 아아, 정말 그건 놀라운 짓이었다. 그러니까 문신은 없어졌지만 그 팔뚝 위에 전매청의 심벌이 아로새겨졌던 것이다. 이건 내가 아는 가장 화끈하고 뜨거운 문신 삭제법이지만, 결코 권장할 일이 못 되니 웬만하면 성형외과 신세를 지는 게 좋겠다. 그리고 가능하면 물감을 배합하기 전에 굳은 결심을 하는 게 나을 것이다. 문신을 지우는 일은 컴퓨터 프로그램을 삭제하기 위해 'del' 키를 누르는 것과는 다른 차원의 문제이니까.

여행중에 가장 괴로운 일은 몸이 아픈 거다. 배고픔이나 향수병 따위야 시간이 해결하지만, 아프면 이건 대책이 없다. 여기에도 묘한 머피의 법칙이 존재하곤 하는데, 이를테면 "에이 설마" 하고 약을 준비 안 하면 그 병이 딱 찾아온다. 내 경우 최악의 병은 설사였다. 설사가 심하면 약도 안 듣는다. 먹은 약이 미처 뭔가 작용을 하기도 전에 변기 속에서 확인되는 것이다.

이탈리아는 문명국이니 아프면 병원을 찾을 수 있고, 약도 얻어먹을 수 있기는 하다. 그러나 의약분업이 일찍이 철저해서 약을 구한다는 게 쉬운 일이 아니다. 약국에서 처방전 없이 파는 약이라야 대충 활명수 수준도 안 되는 기묘한 약들일 뿐이다. 최근 이탈리아를 여행하면서 나는 지독한 위통에 시달렸다. 심드렁한 약사 아주머니는 이 외국인의 답답한 위를 위해 소화제를 처방해주었다. 아마도 위산이 쏟아져나와 그 보드라운 위벽을 갉아먹고 있을 판국에 위산이 더 펑펑 나오도록 돕는 약을 처방해준 것이다! 오래된 얘기지만, 베로나의 어떤 약국에서는 심각한 우울증을 호소하는 내게 카모마일 차를 '처방'해준 적도 있다. 카모마일이 우울증을 악화시키지는 않겠지만 복통을 호소하는 환자의 배에 빨간색 옥도정기를 발라주었던 과거의 군대 위생병과 별로 달라 보이지 않았다.

우리 세대 이상 나이 든 사람들은 중병이 들면 의사가 고생깨나 할 게 틀림없다. 얼굴에 뾰루지만 나도 약국에서 마구 그 독한 테트라마이신(속칭 그냥 마이싱)을 지어주었다. 가벼운 감기에도 먹었던 항생제가 또 기하幾何였던가. 내 몸속에 차곡차곡 축적된 항생제는 나중에 급한 병에 결정타로 쓰일 항생제의 효과를 반감시켜, 나를 죽음으로 몰고 갈 것이다. 담배 피우다 죽으면 담배 회사를 상대로 소송이나 걸 수 있으련만, 이런 경우는 어디에 하소연을 할까.

워낙 싸돌아다니기를 좋아했던 난 외국의 병원이나 약국 구경도 어지간히 했었다. 병원이나 약국이나 대체로 외국인에게는 카모마일 차 수준의 소극적인 진료를 하게 마련이다. 의사소통이 원활하지 않은 가운데 함부로 약을 쓰는 게 두렵기 때문일 터이다. 그런데 제대로 된 진료와 약을 처방받는 경우도 있다. 두어 해 전의 일이다. 나는 이탈리아 반도의 가운데 있는 토스카나를 여행하고 있었다. 갑자기 온몸이 몽둥이에 두들겨 맞은 듯이 아프고(누가 슬쩍 스치기만 해도 아팠다) 끙끙 앓는 병이었다. 마치 온몸의 껍질이 홀랑 벗겨진 후 모래밭에 구르는 것 같았다. 게다가 배에는 우툴두툴한 이상한 반점이 돋아 두려움까지 몰려왔다. 서울에 있는 식구와 통화를 해서 나는 그 병이 대상포진이리라고 짐작할 수 있었다. 일종의 바이러스성 질환인데, 과도한 피곤과 스트레스 때문에 일어나는 병이란다.

나는 결국 토스카나 시골의 어느 시립병원 응급실에 처박혔다. 담당 의사는 머리가 새까만 남쪽 출신의 신참이었는데, 이 녀석은 내가 환자라기보다 자기의 인종학적 관심을 충족시키는 모델이라고 인식하는 것 같았다. 온몸을 청진기로 눌러보지 않나, 내 귓속까지 들여다보았다(그래 인마, 귀지 많다 어쩔래). 내 소중한 가운데 부분을 이리저리 들여다보지 않은 걸 다행으로 생각해야 할 지경이었다. 녀석은 환자를 촉진할 때뿐만 아니라 문진할 때도 아주 독특한 취향을 보여주었다. 환자의 고통을 경청한다기보다 주로 자기가 말을 했는데, 이런 식이었다.

"어디서 왔어? 코레아? 남이야 북이야? 미사일? 아니라고? 으흠. 나는 나폴리야. 오 솔레 미오~ 그래, 나폴리. 캄파니아를 안다구? 그래, 물소 젖, 버팔로 모차렐라가 맛있지. 다음엔 꼭 나폴리를 가보기 바라."

다행스러운 건 녀석이 처방은 제대로 해주었다는 점이다. 그의 처방이 캄파니아산 버팔로 모차렐라 치즈 두 덩어리와 캄파니아식 시골 빵 백 그램, 베수비오 화산 근처에 만든 멋진 팔랑기나 화이트 와인 두 잔, 토마토와 가지 구이 한 접시…… 라면 얼마나 좋았겠냐만 달랑 일주일치의 알약이었다. 약은 일종의 항바이러스제인 것 같아서 온몸의 기운이 쪽 빠지게 독했다. 로마로 와서 어느 민박집의 우울한 이층 침대에서 이틀을 굴렀더니 대충 병이 나았다.

이탈리아를 워낙 오래 여행하다보니 황당한 일도 자주 겪게 마련인데, 그중의 백미엔 이처럼 병원 신세 진 얘기가 꽤 많다. 병명도 다양해서 우울증, 대상포진, 독감, 자상(칼에 베여서 생긴 상처)에다가 차마 밝히기 곤란한 '거시기'도 있다. 그 거시기는 참 거시기한 스토리를 가지고 있다. 그래도 병원 얘기가 나온 김에 싹 털어놓으련다.

그러니까, 이것도 꽤 오래된 이야기다. 이탈리아 여행 초반의 일이었다. 나는 그때도 시칠리아를 여행하면서 사진을 찍었다. 하루는 펜션(이탈리아의 펜션은 한국의 펜션과는 달리 값이 싼 가족 경영의 소규모 여관을 말한다)에서 자고 일어났는데 몸이 퉁퉁 붓고 소변이 나오지 않았다. 나는 겁이 덜컥 났다. 하루를 기다려도 호전되지 않아 결국 병원을 찾았다. 작은 병원에서는 의사소통이 잘되지 않는 나를 다시 큰 시립병원으로 가도록 조치했다. 여행자에 대한 예우인지, 낡았지만 앰뷸런스까지 태워 보냈다. 시립병원의 응급실 의사는 나를 응급실 소파에 서너 시간이나 방치해둔 후에야 검진을 시작했고, 결국 그는 아무런 진단도 내리지 못한 채 해당 전문의에게 나를 보냈다. 전문의는 나이가 지긋한 교양 있는 인물이었다. 그가 영어와 이탈리아어를 섞어 뭔가를 물어보았지만, 내가 잘 알아들을 리 만무했다. 나는 그저 '거시기'를 가리키며 통증을 호소했고 소변을 볼 수 없다고 말했다. 그는 진료실 한구석으로 나를 데려갔다. 그러고는 낡은 커튼을 대충 쳐서 가리더니 내게 돌아서서 바지를 내리라고 명령했다. 나는 당연히 알아들을 수 없었는데, 그는 친절하게도 직접 자신의 바지를 내리는 시늉을 했다. 나는 엉겁결에 바지를 내리고 돌아섰다. 엉덩이가 서늘해지면서 나는 거의 절망에 빠졌다. 객지에서 별꼴을 다 당한다는 생각이었고, 역시 밖으로 나다니지 말라는 엄마 말씀이 언제나 옳다는 걸 뼈저리게 실감하는 순간이었다.

그는 내게 다리를 조금 벌리고 허리를 숙이라고 명령했다. 역시 내가 알아듣지 못하자 나이가 쉰은 넘었을 배불뚝이 남자 간호사가 우악스러운 손으로 나의 허리를 굽혔다. 그 순간, 나는 거의 겁탈의 신세계를 체험하고 있었다. 그의 거대한 손이 내 어딘가에 쑥 들어왔던 것이다. 내 몸에서 뭔가가 몽땅 빠져나가는 듯한 아득한 낭패감이랄까, 심각한 굴욕감과 함께 나는 짧게 신음을 뱉었다. 그의 손은 짧은 순간을 내 몸 어딘가에 머물렀는데, 나는 내장이 다 뒤집어지는 것 같았다. 소변을 지렸던 것 같기도 하다. 그가 어퍼컷을 하는 것처럼 기운차게 장갑 낀 손을 내 뒤의 어딘가(그래봤자 구멍이 하나밖에 더 있겠어?)로 들이밀었다 다시 나가는 순간까지는 아주 짧아서 10초나 갸웃 되었을 것이다. 그렇지만 나는 기나긴 고통의 독수리 요새 한 코스를 지나온 것처럼 느껴졌다. 그와 나는 동시에 이마에 땀이 송송 맺혀 있었다. 그가 씩 웃으며 말했다.

"논 체 프로블레마!(아무 문제 없어요!)"

나는 감사하기보단 "아저씨, 별일 없을 거면 왜 그러셨어요?" 하고 진지하게 묻고 싶은 심경이었다. 여전히 내 뒤는

묵직하게 그 침탈의 후유증을 안고 있었고, 나는 우울했다. 그래도 나는 그 의사가 극히 정상적인 진료를 했으리라 짐작하고 있었고, 그것은 옳았다. 십수 년이 흘러 지난겨울, 한국의 어느 비뇨기과에서 똑같은 검사를 치렀기 때문이다. 다행스럽게도 이번에는 훨씬 수월하게 일을 치를 수 있었다. 윤활제의 품질이 개선되었거나 나의 뒤가 늙어서 훨씬 헐거워졌기 때문은 아니었으리라 믿는다. 아무래도 한국인 의사의 손이 훨씬 작았기 때문이었다. 돌이켜보면 그 이탈리아인 비뇨기과 의사는 거대한 손 때문에 고무장갑을 끼는 데 오랜 시간을 들였던 것 같다. 어쨌든 나는 산파가 손으로 받아낸 아이를 둘쯤 둔 산모의 의기양양을 어렴풋이 이해할 정도라고 자부할 수 있다. 그걸 김병만이 말한다면 이렇게 될 것이다.

"두 번이나 남의 손을 거시기에 넣어봤어요? 안 넣어봤으면 말을 하지 마세요."

바로 우리!
우리는 엿 먹이는 데 챔피언이지

나는 새벽에 노량진 수산 시장에 간다. 장도 보고 요새 어떤 해물과 생선이 물이 좋고 값이 싼지 알아보기 위해서다. 으흠, 저 생선을 구워서 팔면 아주 바가지 톡톡히 씌우겠는걸,이라거나 아이쿠, 저 해물로 찜을 만들면 손님을 홀랑 벗겨 먹을 수 있겠네, 하고 흐뭇한 미소가 절로 번지곤 한다. 그중에는 진지하게 들여다보며 추억에 잠기게 하는 생선과 해물도 있다.

그 가운데 하나가 바로 멸치다. 특별히 내가 멸치를 먹을 줄 모른다거나 하는 건 물론 아니다. 오직 멸치에 얽힌 트라우마가 가시를 세우고 달려들기 때문이다. 나는 내 식당의 요리사들을 괴롭힐 때 멸치 상자를 던져주곤 한다. 그건 마치 생떼를 쓰며 엉엉 우는 세 살짜리 조카를 달래는 것처럼 인내력을 시험하는 재료이며, 멸치 가시에 독이 올라 돌아가신 수많은 이탈리아 요리사들의 고통을 몸소 체험할 수 있는 일종의 훈련에 다름 아니다.

이탈리아 남부의 한 식당에서 일할 때의 일이다. 전임으로 일하던 한 브라질 녀석이 주인과 대판 싸우고 갑자기 짐을 싸버린 까닭에 내게 모종의 일이 배당됐다. 그건 멸치 다듬기라는, 주방 역사상 가장 교묘하고 치사하게 요리사를 괴롭힐 수 있는 일이었다. 그러니까 멸치 가시는 모두 재수 없게 걸린 요리사 녀석의 손을 공격하는 무기가 되는 거였다. 내장이 묻어 지저분해진 멸치 가시가 당신 손톱 밑을 파고든다고 생각해보라. 파상풍이나 생인손이나 뭐 그렇고 그런 후진국형 후유증을 앓을 가능성이 농후해진다.

멸치는 알다시피 등푸른 생선이다. 이 종류에 속하는 녀석들은 몹시 성질이 급해서 그물에서 떨어지는 순간에 버력 화를 한 번 내고는 삶을 마감한다. 고등어나 멸치나 살아 있는 횟감을 보기 어려운 건 이런 까닭이다(나는 종종 한국의 횟집 수족관에서 산 고등어를 발견하는데, 주둥이가 뾰족한 게 성질 한번 더럽게도 생겼다는 걸 느낀다. 그나저나 녀석들은 얼마나 성질이 순하길래 저렇게 수족관에서 버티고 있는 것인지).

등푸른 생선의 숙명은 빨리 부패한다는 거다. 그래서 소금이라도 뿌려줄 수밖에. 당연히 이탈리아 요리사들은 멸치를 재빨리 손질해야 한다. 상하기 전에 말이다. 상자를 열면 멸치가 수백 마리는 우글우글 들어앉아 있다. 크기가 작으니 그만큼 손질해야 할 마릿수도 많다. 손질을 해도 해도 줄지를 않는다. 염병할이나 제기랄 같은 점잖은 낱말 말고 상상할 수 있는 모든 욕설이 튀어나오게 마련이다. 왜 아닐까. 당신도 쥐꼬리만한 월급을 받으며 멸치 수백 마리쯤 내장을 따고 살을 바르다보면 그렇게 변하게 된다. 나도 무심코, 밤에 침대에서 사용하는 신체의 어떤 부위를 뜻하는 욕설을 내뱉다가 스스로 깜짝 놀라기도 했다니까.

멸치란 녀석은 먹는 게 다 살이 되는 게 아니라 가시로 가는 것 같다. 얼마나 촘촘하고 예리한지 푸욱, 그 가시가 깊게 살을 찔러오면 끄윽, 하고 신음을 내뱉게 된다. 여보슈, 그럼 장갑이라도 끼고 일하지 그러슈. 모르는 소리 마시라. 당신은 벙어리장갑 끼고 바느질할 수 있나. 멸치 다듬기라는 게 꼭 그렇다.

자, 별 볼일 없는 하급 이탈리아 요리사의 필살기인 멸치 손질을 설명해주마. 먼저 머리를 사정없이 비틀어 따내면서 내장을 집게손가락으로 훑어내야 한다. 그것을 1초 정도 안에 해내지 않으면 집에 돌아가지 못하고 밤을 새워야 한다. 그다음에는 엄지손가락을 등뼈 밑으로 넣어 발라낸다. 이때 무수한 가시가 손톱 위아래를 공격하려든다. 그 통증을 참으면 두 장의 멸치 필레가 나온다. 필레를 도마 위에 펴놓고 잔가시를 떼어내야 비로소 손질이 끝난다. 그렇게 손질한 멸치는 소금을 팍팍 쳐서 앤초비 젓을 담그거나 빵가루를 묻혀 오븐에 굽는다. 그 비릿하고 재수 없는 멸칫살에 환장하는 손님들의 꼴이라니. 어떤 인간은 이렇게 주문을 넣기도 한다.

"요새 아치우게aciughe, 멸치가 제철이지? 우리 여덟 명 모두 아치우게 그라탕을 주게."

말이 8인분이지 손가락만한 멸치(손가락이 엉망이 되어야 겨우 얻을 수 있는 그 필레 두 쪽!)가 열 마리쯤 들어가야 1인분이 되니 모두 여든 마리의 멸치가 한 테이블에 나가서 흔적도 없이 그 얄미운 손님들의 입으로 들어가는 것이다! 주인은 흐뭇해서 웃고 있지만 멸치나 다듬어야 하는 막내 요리사, 게다가 나 같은 이방인은 수면 시간이 줄어드는 고통에 손가락의 가시 찔린 상처가 더 아파오는 것이다.

한국에서 양식당 일을 하다보면, 묘한 한국인의 선입견에 상당히 고전할 각오를 해야 한다. 프랑스나 이탈리아 식당이라면 푸아그라 요리 정도는 당연히 팔고 있을 거라고 믿는 손님들 때문이다. '푸아그라=고급 식당'의 등식이 언제 생겼는지 모르지만 말이다. 요리사란 결국 재료를 다루는 사람이고, 자신이 만드는 요리 재료가 산지에서 어떻게 생산되는지 정도는 알아야 한다고 생각한다. 소고기라면 어떤 나라에서 뭘 먹고 자라는지, 항생제 주사 따위는 맞지 않는지 그런 시시콜콜한 걸 사람들은 알고 싶어하고 알 의무가 있다. 그런데 푸아그라에 대해서는 그런 관심이 별로 없는 것 같다. 이탈리아는 세계적인 관광 국가이니 당연히 여러 국적의 손님들이 몰려온다. 여름 바캉스 철에는 이탈리아 전 국토가 외국 손님들로 넘쳐난다. 식당도 예외는 아니어서 경기가 한창 좋을 때는 그냥 문만 열어두고 "관광객 대환영! 스파게티!"라고 써붙여놓아도 그럭저럭 먹고사는 식당들이 있을 정도였다. 주방장 녀석이 대마초 중독이든 요리 학교나 겨우 졸업한 초짜 아니면 요리사인 척 위장하고 있는 오랑우탄이든 알 바 없이.

한번은 그 빌어먹을 멸치 박스를 다 손질하고 났는데, 홀이 소란스러워졌다. 꽤 닳아 보이는 이탈리아 여자를 낀 어떤 미국 관광객 손님이 찍자를 붙고 있는 것 같았다. 주방에 들어온 웨이터는 그 상황을 실감나게, 30초짜리 스팟 광고처럼 새로 구성해서 방송해주었다. 그러니까 이런 상황이었던 것이다.

"예, 손님. 우리 식당은 최고의 해물 요리를 선보이고 있습죠. 불법으로 낚은 지중해 혀넙치 구이에 튀니지에서 직송한 성게알 카르파치오를 전채로 드실 수 있습니다. 오르가즘을 느끼기에 딱 좋은 요리들입죠. 스파게티라면 미트볼밖에 모르실 손님을 위해 이탈리아의 향수 어린 오징어 먹물 링귀네 어떻습니까. 우리 식당의 철없는 견습생들이 일일이 오징어 배를 갈라 따놓은 먹물 주머니가 통째로 들어간답니다. 메인 요리는 또 어떻구요. 기름기를 싹 발라낸 소 안심구이에 봄 아티초크 속살을 곁들여낸답니다……"

뚱뚱하고 이마에 주름살이 가득한 고약한 인상의 손님이 말을 가로막고 나섰다.

"그런 거 말고 음, 푸아그라 구이는 없다는 얘기요?"

"예, 손님. 이탈리아에서 푸아그라를 구경하는 건 쉬운 일이 아닙죠. 그 구역질 나는 기름 덩어리를 굳이 먹을 이탈리아 사람들이 어디 있겠어요? 원하시면 어떻게 푸아그라를 만드는지 동영상을 틀어드릴깝쇼? 속이 거북해서 구토를 하고 싶을 때 딱이지요."

설마 이렇게야 얘기하지들 않았겠지만, 제철의 신선한 재료를 가지고 요리하는 걸 최고로 생각하는 이탈리아 식당에서 함부로 푸아그라를 찾는 건 모욕으로 받아들여진다. 바다에서 갓 건져올린 아귀의 간이나 농장에서 놓아 기른 닭이나 돼지, 송아지로 만든 간 요리를 이탈리아는 아주 즐긴다. 의심쩍은 방법으로 만들어진데다가 먹으면 곧바로 심장에 두터운 기름 막을 만들 것 같은 기름투성이의 푸아그라를 굳이 먹으려고 드는 경우는 드물다. 푸아그라가 있느냐 없느냐로 고급 식당이냐 아니냐를 가르는 한국의 자칭 미식가들이 이탈리아를 찾으면 무얼 기준으로 요리를 시킬지 자못 궁금해지기도 하는 것이다. 기껏 '두툼한 푸아그라 구이'를 먹었노라 자랑하기에 바쁜 사람들이 말이다.

그러나 뒤집어보면 나 같은 얼치기 셰프에겐 이런 손님들이 얼씨구나, 반갑기는 하다. 머리를 쥐어뜯으며 좋은 요리를 고민할 필요 없이 두툼한 푸아그라와 마블링 좋은 쇠고기 등심을 준비하면 될 일이기 때문이다. 그런 건 요리사의 요리 능력과는 별 상관 없으니 말이다. 아니, 이렇게 쉬운 길이 있는데, 강호의 멋진 셰프들이여! 고민하지 마시라. 그냥 샴페인이나 마시면서 재료 공급업자에게 전화나 한 통씩 걸어주시라.

"냉동 푸아그라 한 박스랑 마블링 짱짱한 등심 한 짝만 보내줘."

누가 내게 이탈리아 관광 코스를 짜달라고 부탁하는 경우가 있다. 주로 도시의 뒷골목이나 시골을 뒤지고 다녔던 내게 그런 부탁을 한들 별로 영양가가 없다.

"하여간 다녀볼 곳을 꼭 다 넣어주고 명품 쇼핑할 곳도 빠짐없이 체크해줘. 아울렛이 그렇게 싸다며?"

명품 쇼핑을 알려달라는 건지 관광을 하겠다는 건지 모를 부탁이다. 이 정도는 양반인데, 어떤 녀석들은 시칠리아에 있던 내게 이런 전화를 걸어왔다.

"나 다음달에 이탈리아 가는데 로마 공항에 마중 나와줄래? 호텔 예약도 좀 해놓고. 어렵다고? 넌 다 알 거 아냐?"

시칠리아에서 로마까지는 고속 열차를 타도 열 시간은 걸린다고 그에게 말해봐야 무슨 소용이 있겠는가. 이탈리아가 무슨 분당에서 용인까지 길이인 줄 아는 것이다. 그 녀석에게는 이탈리아가 제 손바닥보다 작아 보인다. 밀라노와 피렌체 찍고, 베네치아와 로마를 하루에 다 둘러본 다음 푸아그라 요리로 저녁 먹고 어디 쌈빡한 나이트클럽에서 이탈리아 여자랑 부킹이나 할 수 있을 거라고 믿는 것이다. 피렌체 우피치 미술관을 알차게 보는 방법이나 그 도시의 서민들 삶을 체험하려면 어떻게 해야 하느냐 따위를 물어달라는 건 아니다. 적어도 관광이라면 한 도시를 충분히 보려는 노력이 있어야 하지 않을까. 겨우 판문점이나 남대문, 경복궁만 보고 가는 외국 관광객을 이해 못하겠다고, 서울만 해도 진짜 볼 곳이 얼마나 많은데, 하고 깊은 우려를 표명한 적이 있는 당신이라면 새겨들어야 할 대목이 아닐 수 없다.

내 친구들만 내가 이탈리아에 있을 때 전화를 걸어 괴롭혔던 건 아니다. 무슨 회사의 해외 지사나 외교 대표부들은 모국에서 오는 손님 뒤치다꺼리하느라 정작 일을 못한다고들 한다. 높으신 의원 나부랭이라도 오는 날에는 만사 제쳐두고 외교관들이 총출동한다고 언론은 종종 비판 기사를 싣는다. 설사 그 외교관들이 얄타 협약이나 포츠담 회담을 앞두고 있더라도 의원 등은 모셔야 한다니……

축구 얘기로 책 한 권을 너끈히 써내는 닉 혼비만큼은 아니더라도 나도 어지간히 떠들 능력은 있다. 한국 대표팀의 소식은 몰라도 이탈리아 축구만큼은 꽤 알고 있었다. 그렇다고 내가 특별히 이탈리아 축구에 대해 관심을 기울이고 있었던 것도 아니다. 그냥 그 나라에 살면 그렇게 된다. 자, 저녁밥을 먹고 텔레비전을 켜면 어느 채널인가는 꼭 축구 얘기를 한다. 어려워서 알아듣지는 못해도, 멋진 골 장면을 보면 대충 감이 잡힌다. 유벤투스와 인터밀란 간의 게임에서 나온 오프사이드 판정이 과연 올바른 것인가를 놓고 정말 대여섯 명의 전문가들(어떤 사람은 멋진 수염을 기른 움베르토 에코처럼 생겼다)이 두 시간쯤 대토론을 벌인다. 각기 다른 각도에서 찍은 영상이 공개되고, 〈추적 60분〉식의 몰래 카메라가 관련 심판과 인터뷰를 시도하기도 한다(어떤 심판은 집에서 파스타를 먹다가 들이닥친 카메라를 만난다).

나는 축구를 좋아하니까 이런 나라에서 살면 어쨌든 언어 공부는 된다. 마시모 불가렐리유명한 텔레비전 축구 해설가가 멋진 패스를 보고 호들갑을 떨며 "벨 빠싸지오!(굿 패스!)" 하고 감탄사를 날리는 걸 들으며 이탈리아어 공부를 하기도 했다.

한번은 밀라노에서 AC밀란과 인터밀란의 경기를 보게 됐다. 이런 경기는 엄청난 관심을 모으는 '더비' 경기로 이탈리아의 모든 텔레비전 카메라와 기자들이 몰려들어 난리가 난다. 밀라노를 연고지로 하는 두 팀은 1년에 딱 두 번 정규 리그 경기를 벌이게 된다. 마치, 1년 내내 우승 한 번 못하더라도 연고전(고연전이라고 하지)에서만 이기면 된다는 분위기와 흡사하다. 양 팀은 칼을 갈고, 경기 1주일 전부터 주요 언론은 두 팀의 경기 소식으로 지면을 가득 채운다. 신문 기사 제목도 자극적이다. "심장을 멈추게 하겠다"거나 "절벽 밖으로 밀어버릴 터" 같은 표현이 등장한다. 이 경기를 눈으로 직접 보게 된 나는 흥분하지 않을 수 없었다. 메시와 호날두가 맞붙는 마드리드와 바르셀로나 더비 경기 못지않은 엄청난 매치다. 버스를 탄 나는 인파로 더이상 나아가지 못하는 버스에서 내려 한 떼의 사람들과 같이 걸었다. 바로 주세페 메아차Giuseppe Meazza 경기장, 다른 이름으로 산 시로San Siro라고 부르는 경기장으로 가는 길이었다. 놀랍게도 거짓말 좀 보태 관중 수만큼의 경찰이 도처에 깔려 있었다. 계엄령이 내린 것이라고 믿어도 될 지경이었다. 양 팀의 팬들은 절대 마주치지 못하도록 경기장 수 킬로미터 전부터 각자 다른 길로 경기장에 접근할 수 있게 유도되었다. 간혹 멀리서 '적'의 무리와 응원 깃발이 보이면 마치 찢어 죽이기라도 할 것처럼 흥분한 상대편 팬들이 소리를 지르기 시작했다. 노동자가 주로 팬들인 AC밀란과 중산층 팬이 많은 인터밀란은 계급적 적대감까지 드러낸다.

경기장에 들어선 나는 압도되어 한동안 입을 다물지 못했다. 이미 경기장을 가득 메운 '티포지Tifosi'들은 어깨를 걸고 마구 발을 구르며 노래를 부르고 있었다. 쿵 쿵 쿵 쿵! 그들이 발을 구를 때마다 경기장은 마치 신축성 좋은 트램폴린처럼 요동쳤다. 나는 귀가 먹먹해져 구토가 나올 것 같았고, 경기장이 무너질 것 같은 공포에 사로잡혔다. 게다가 관중석은 최대한의 스펙터클을 보장하기 위해 급경사로 설계되어 누군가 미친 녀석이 경기장으로 점프하여 떨어질 수도 있을 것 같았다. 싼값에 높은 곳의 자리를 얻어도 좀 과장해서 말하면 선수들이 손에 잡힐 것 같은 시야를 주는 좌석 설계였다. 이미 로마 시대의 콜로세움부터 야수와의 활극을 좋아하고, 경기장을 설계했던 이 땅의 주인들다웠다. 실제로 그리스인들이 세운 이탈리아 땅 식민 도시들의 원형경기장은 관객석이 완만한 경사를 이루고, 온화한 느낌을 갖는다. 주로 희비극을 공연하고 구경하는 목적이었기 때문이다. 그러나 콜로세움에 가본 사람들은 알겠지만, 본디 로마 경기장과 관객석은 스펙터클을 최대로 즐기게끔 극도로 경사지게 설계되어 있다.

앞에 티포지라고 표현한 건 영국식으로 말하면 서포터란 뜻이다. 역시 영국은 점잖다. 선수들을 '성원'하는 이들이란 뜻이니까. 티포지는 뭘까, 바로 '열광'이란 뜻이다. 알기 쉽게 예를 들면, 무서운 고열 전염병인 장티푸스의 티푸스가 바로 '열'을 의미한다. 그들은 미친 듯이 노래를 부른다. 귀가 떨어져나갈 것 같고, 다시 공포가 엄습한다.

SIAMO NOOOOOOI!
SIAMO NOOOOOOI!
I CAMPIONI DELLA FIGA SIAMO NOOOOOOI!
SIAMO NOOOOOOI!
SIAMO NOOOOOOI!
I CAMPIONI DELLA FIGA SIAMO NOOOOOOOOOOI!

별뜻이 있는 노래는 아니다. 자못 장엄하고 외설적인 가사일 뿐이다. 해석하자면, "바로 우리! 바로 우리! 우리는 엿 먹이는 데 챔피언이지! 바로 우리!" 뭐 이 정도다. 상대방을 약 올리고, 한 팀의 결속력을 다지는 응원가다. 〈아리랑 목동〉이나 응원가로 불렀던 우리는 얼마나 순진한 사람들인가. 물론 외야수에게 맥주캔을 던지고 상대방 버스에 불을 지르는 한국 팬들이 더 과격하게 보일 때도 있긴 하다. 하지만, 적어도 축구 경기장의 경비 경찰이 죽는 일은 없지 않은가. 몇 해 전에 한 경찰이 응원단에게 맞아 죽는 바람에 이탈리아 훌리건 문화가 심각한 질타를 받았다. 그러나 지금도 이탈리아 축구는 사람들을 흥분시킨다. 정부도 은근히 그걸 즐기는 것 같다. 축구 경기에 흥분해서 진을 다 뺀 국민들이 총리가 십대 댄서와 스캔들을 일으키는 데는 좀 관대해질 거라고 기대하기 때문일까.

그래도 남는 건 젤라토 장사다

이탈리아는 커피의 나라다. 생두는 한 톨도 생산하지 않지만 커피 완제품은 '메이드 인 이탈리아'라는 팻말을 달고 더 비싸게 팔린다. 당신이 오늘 마신 아메리카노 한 잔을 뽑은 기계도 대개는 이탈리아산이다. 질 좋은, 갓 볶은 에스프레소용 원두를 1킬로그램에 10유로면 거뜬히 산다. 시칠리아 주의 수도 팔레르모의 뒷골목을 걷고 있을 때였다. 향긋한 커피 냄새가 거리에 가득 찼다. 나는 나도 모르게 그 가게로 들어섰다. 이탈리아 어디서든 흔하고 평범한 커피이지만 그렇게 쌌고 맛은 기가 막혔다. 아아, 킬로그램은

커넝 백 그램에 만 원을 주고 별 볼일 없는 원두를 사고 있는 이 땅의 커피 마니아들이 알면 폭동이라고 일으킬 것 같다. 그런데 커피 맛은 그렇다 치고, 나는 도대체 한국의 커피 서비스가 못마땅하다. 친구들과 별다방이나 콩다방에 어쩔 수 없이 들러 커피를 마실 때마다 내 조급증은 폭발하곤 한다. 이탈리아의 허름한 동네 바리스타(그들은 그런 우아한 이름으로 불리는 경우가 거의 없다. 그냥 '일꾼'으로 불린다)의 눈부신 솜씨가 자꾸 눈에 어른거리기 때문이다. 국가 자격증은 고사하고 어디서 정식으로 커피 뽑는 기술을 배워본 적도 없는 친구들이지만, 커피 하나만큼은 끝내준다.

그 광경은 말하자면 이렇다. 동네 바라고 하더라도 커피 머신엔 보통 세 그룹, 그러니까 여섯 개의 커피 구멍이 있다. 그런 기계가 두 대다. 아침 출근 시간이나 오후의 나른한 커피 타임이 되면 손님들이 물밀듯이 밀어닥친다. 단 한 명의 바리스타가 동시에 열댓 명의 손님을 너끈히 치러낸다. 그라인더를 눌러 커피를 갈면서 손은 동시에 열두 개의 잔 받침을 바에 좍 깔아놓는다. 그 참에 새로 들어온 손님과 수인사를 나누고 날씨 얘기를 한다. 다 동네 친구들이고 아는 이들이라 인사가 길 수밖에 없다.

“어이, 마르코! 지난번 여행은 즐거웠나? 카리브 해로 갔다고? 섹스 관광은 아니었고? 알았어, 파올로. 네 녀석의 커피 주문은 늘 이렇게 까다롭다니까. 잠깐만 기다려줘. 알레시오 할아버지에게 주스를 먼저 내드려야 하니까. 근데 말이야, 어제 로마 축구팀 녀석들, 거의 미치게 잘하더라니까. 그 세번째 골 봤지?”

어느새 그는 왼발로 세번째 골을 흉내 내면서 새로운 커피 주문을 받아 커피 가루를 2인용 틀에 넣고 꾹꾹 누르고 있다. 그러고는 여섯 개의 틀을 동시에 머신에 척척, 물려 나가는데 이건 군대 시절 숙련된 박격포 사수가 거리계를 돌리는 것보다 더 빠르다. 그리고 커피 추출 버튼을 누르고는 새로 온 손님의 주문을 받으면서 연속 동작으로 스팀 속에다 우유가 든 스테인리스 주전자를 집어넣고 거품을 올린다(묘사하는 나도 숨이 가쁘군).

그렇게 하루 1천 잔의 커피를 파는 건 보통이다. 이런 게 결코 특별한 풍경도 아니다. 이탈리아 어디서든 매일 일상처럼 벌어지는 나른한 풍속화일 뿐이다. 이런 광경에 익숙한 나는 겨우 아메리카노 두 잔과 카페 라테 한 잔을 주문

한때 "다시 이태리에 가면
성을 갈겠어" 하고 큰소리
친 적이 있었다. 그러나 언제
그랬나 싶게 다시 짐을 꾸리고
이태리 국영 항공기에 오른다.
그 항공사를 좋아하느냐고?
천만에, 값이 싸서 그렇다니까.
이태리 어느 시골 구석에서
만난 사람들. 사실, 내가 일하던
식당에서 허드렛일을 봐주던
마리아다. 마초 남편을 만나
절절 매며 사는 착한 여자.

이태리를 다니면 어디선가
본 듯하면서도 이국적인 터치가
살아 있는 풍경을 만난다.
그래서 한국인들이 이태리를
좋아하는지도 모른다.
시칠리아의 소금으로 유명한
트라파니의 염전 풍경.
소금 맛이 기막히다.

Abitacolo del

밀라노나 피렌체 같은 세련된
동네만 보면 이태리의 정수는
못 본 것과 진배없다. 시간을
내서 아무도 가보지 않은 길을
개척하라. 시골의 노인들과
인사하고, 그곳 메뉴판도 없는
전통 식당에서 할머니 요리사가
해주는 밥을 먹어보시라.
사진은 옛 이태리인들의
식생활을 재현한 것이다.

스파게티와 피자 말고 아는
게 없다고? 그렇다면 이렇게
외쳐라. “콘실리아!”
추천 요리를 달라는 소리인데,
단 한 번도 맛이 없었던 적도
비싸게 음식값을 받은 적도 없었다.
알고 보면 그 친구들, 참 착하다.
“속고만 살았나?”

이태리 여행에 먹는 것 말고 뭐 있어, 라고 하면 섭섭해할 이태리인들이 많겠지만 사실인 걸 어쩌누. 이태리에 발을 딛는 순간, 나는 인간이 하루 세 끼밖에 먹을 수 없다는 것에 화가 난다. 피자만 해도 맛있는 종류가 스무 가지가 넘고, 파스타라면 천 가지가 넘는데 체류일은 달랑 일주일이니……

이태리가 좋은 건 아직도 오래된 관습(전통과는 뉘앙스가 다른)이 있다는 거다. 현란한 디지털 광고판 대신 종이 광고가 여전하고(영화 〈자전거 도둑〉에 나오던!) 70년대에 만든 피아트 500cc짜리가 굴러다닌다.(위)

한 소박한 식당의 샐러드. 향긋한 식초와 오일을 내주고 알아서 무쳐 먹도록 하는 게 보통이다. 여자분들, 이거 보면 거의 미친다.(옆)

Asì
Aceto
diBarbaresco
Da vino
Barbaresco
fermentato
con Acetobacter
secondo il
Olio
Sarullo

그 이름도 야만스러운 비스테카 알라 피오렌티나. 최소 양이 1킬로그램짜리로 대부분의 토스카나 식당에서 먹을 수 있다. 거대한 흰 암소의 티본 스테이크로 먹어도 먹어도 양이 줄지 않는다. 단, 소스는 없으니 달라고 하면 야만인!

W S AGATA
BASTA!
BASTA!

새로운 도시에 가면 나는 가장
먼저 숙소를 정하고 그다음에는
예쁜 여자애들이 많은
나이트클럽을 수소문하는 대신,
시장을 찾는다. 후지와라 신야가
그러지 않았나, 시장이 있으면
국가 따위는 필요 없다고.

난 평양은 절대 갈 수 없을 거다.
뒷골목과 민중의 그림자만
쫓아가기 때문이다. 거리에서
깨우치는 나의 여행 진리는 오직
"세상의 모든 사람은 똑같다"는 것.
긍정과 친밀감은 인간의 정을
낳는다.

노인들은 내 시선의 렌즈에 자주
들어온다. 그들은 잘 움직이지
않아 좋은 피사체가 되고, 노련한
그림을 만들어주며, 밀도 있는
애정을 샘솟게 한다. 무엇보다
맛있는 식당과 싼 숙소를 찾을 때
노인의 지혜를 빌릴 것,
여러분에게 드리는 나의 팁.

순례 길에서 나는 온유해지고
물처럼 유연하다. 다시는
지금과 같은 순간이 되풀이되지
않으리라는 시간의 비밀을
인정한다. 그래서 여행자는
겸손해지는 것이다.

여행은 궁금해서 떠나는 것이다.
이름도 모르는 작은 마을에는
어떤 사람들의 어떤 사연이
있을까, 나는 그게 궁금해
미칠 지경이 되면 등산화 끈을
묶는다. 불행하게도 내게 주어진
시공간은 한 줌에 지나지 않고,
이탈리아는 빌어먹게 넓다.
정말 넓다.

로마는 시간의 축적으로 만들어진 도시다. 콜로세오(콜로세움을 그렇게 부른다)는 죽음으로 이루어진 시간의 무덤이다. 그래서 별로 들어가고 싶지 않다.
그런데, 안초비도 시간의 요리군. 소금에 절이고 기다린다. 그게 전부다. 맛있는 안초비의 전부다.

내가 이태리 여행에서 가장
좋아하는 순간은 카페의
방코(길게 설치된 서비스 바)에
서서 담배 한 대를 피우며
에스프레소를 마실 때였다.
이젠 금연법이 발효되어 할 수
없는 일이 되어버렸다.
이탈리아를 오래 여행하면서
변한 것도 많다. 리라에서 유로로
바뀐 화폐와 비싸진 물가,
그리고 훨씬 약해진 나의 다리.

한국에서 젤라토라고 파는 '아이스크림'에 실망한 분들이라면, 이태리를 가야 한다. 젤라토 맛의 비결은 별 게 없다. 남들은 다 넣는 걸 자꾸 빼는 거다. 첨가물도 빼고 욕망도 빼는 거다. 젤라토는 그런 맛이다.

토리노의 어느 카페에서 본 한 상 차림의 흔적. 이태리도 마치 우리들처럼 한 상에 모든 요리를 늘어놓고 밥을 먹었다. 그 역사의 증거가 이 카페에서 재현된다. 둘이서 음료나 맥주 한 잔씩 시키면 이 요리를 다 준다. 이태리 사람들, 은근히 많이 먹는다.

이태리 요리를 규정짓는 수많은
이미지 가운데, 나는 과감히
프로슈토를 꼽는다. 돼지 뒷다리를
생으로 절여 말리는 프로슈토는
가장 이탈리아다운 맛이다.
오직 바람과 시간, 소금으로
결정하는 맛이라니!

이태리 식당의 독특한 정서 가운데 하나는 주인이나 웨이터가 직접 요리를 썰고, 나눠준다는 점이다. 얼마나 기술이 정확하고 날렵한지 음식보다 그 재미가 더 좋을 때도 있다. 배식에 민감한 예비역 남자들이 많은 한국 손님도 만족시키는 절묘한 분배의 기술은 보너스.

나는 매우 현실적인 사람이어서
차창 밖에 보이는 이런 풍경을 두고
"아아, 저런 집에서 살아봤으면
좋겠어"라고 하지 않는다. 대신
이렇게 외치는 게 더 현실적이다.
"저거 사두면 오를까?"

내가 이태리 여행중에 제일
갑갑한 건 건축이나 미술에
문외한이라는 점이다(연애도
그렇기는 하다). 저건
르네상스풍이야, 바로크풍이야
뭐 이렇게 해설해주시는 박사님들
보면 존경심이 우러나온다.
나야 아는 건축 양식이라곤
주심포 양식과 맞배지붕,
무량수전 배흘림기둥밖에
없다니까(유홍준 선생이 많이
수고했다).

이태리에서 맥주나 마시다
오는 분들은 정말 제주도 가서
멀티플렉스 영화 보고 오는
분들보다 못났다. 이태리 와인,
침이 솟으며 기분이 유쾌해진다.
더구나 병나발을 불어도 계산할
때는 두 배로 행복해진다.

식당에 들어가다 이런 딱지가 덕지덕지 붙어 있으면 일단 비싼 집이다. 미슐랭 가이드에서 점수 좀 받는다는 건 결국 서비스나 실내 장식에 힘을 들이고, 인건비도 팍팍 쓰며 결국 계산서에 그 비용을 다 청구한다는 사실!

이태리의 노인들은 진실로 우리네 할아버지를 닮았다. 말투로 그렇고, 마음씨도 그렇다(입 냄새도 비슷하다). 포도밭의 수확 장면인데, 혹시라도 함부로 들어가지 마시라. 거대한 개가 물어뜯을 수도……

시골에서의 식사는 어디서나 흔쾌하다. 이태리는 시골 농장 체험 관광 프로그램이 아주 많다. 비용도 싸고, 음식은 만족스럽다. 물론 침대의 질은 상당히 좋지 않다(이태리인들은 왜 침대에 돈을 쓰지 않는지 지금도 의문. 과학까지는 아니어도 침대는 생활 아닌가? 문득 드는 생각으로는 침대는 남에게 '보여지는' 것이 아니기 때문이 아닐까. 안 보이는 데 뭔 돈을 써, 뭐 이런……)

이 하얀 비계가 바로 이태리인들을 환장하게 만드는 라르도. 단순히 돼지 비계가 아니라 소금에 정갈하게 숙성시킨 것이다. 이태리의 독특한 기후와 자연이 준 선물의 하나.

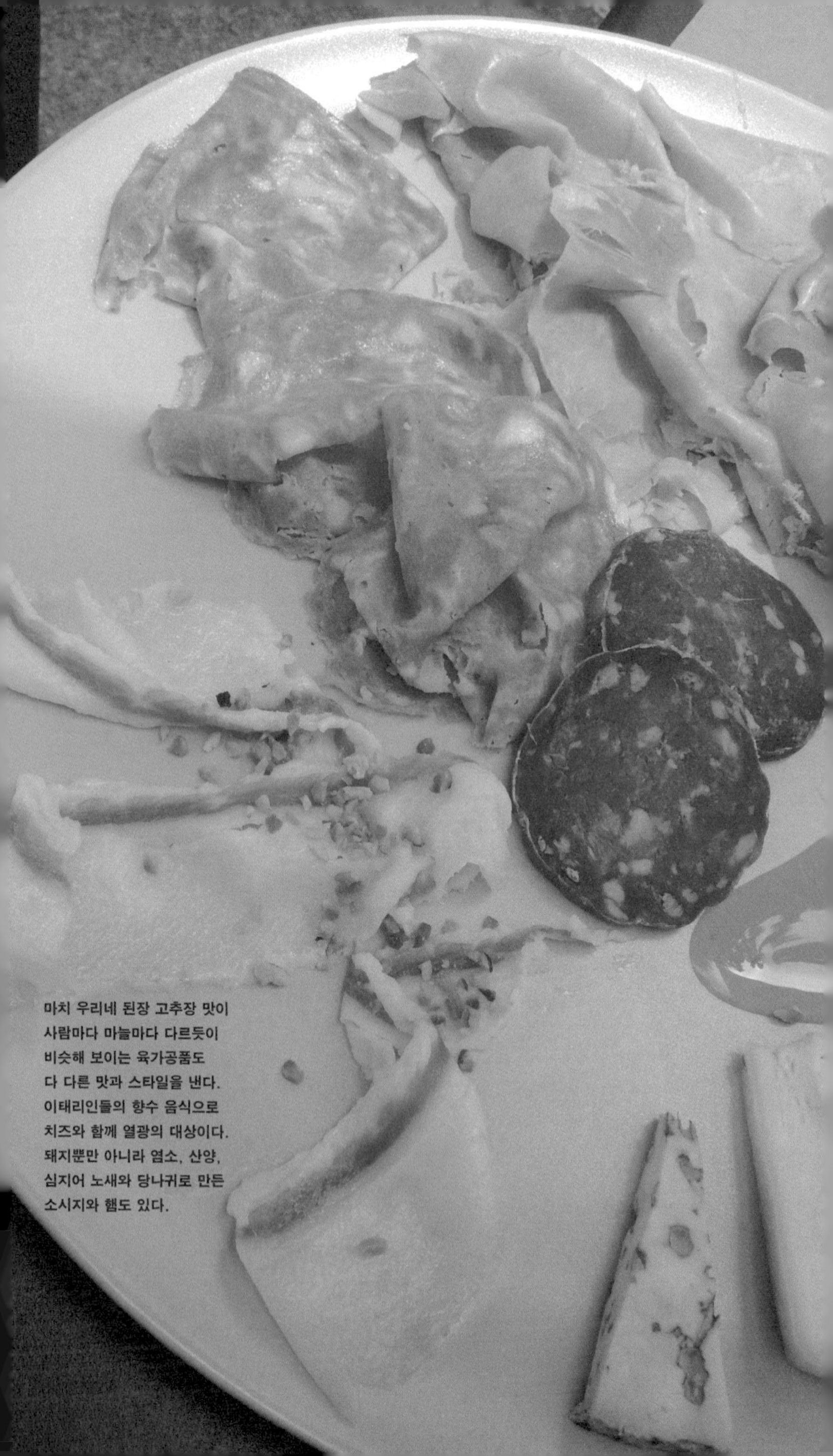

마치 우리네 된장 고추장 맛이
사람마다 마늘마다 다르듯이
비슷해 보이는 육가공품도
다 다른 맛과 스타일을 낸다.
이태리인들의 향수 음식으로
치즈와 함께 열광의 대상이다.
돼지뿐만 아니라 염소, 산양,
심지어 노새와 당나귀로 만든
소시지와 햄도 있다.

Campana
Ricotta

'시어머니의 혀'라는 재미있는 이름이 붙은 빵의 한 종류. 혀가 저렇게 크니까 잔소리를 많이 한다는 뜻일까. 심지어 '신부님 목 조르기'라는 음식도 있다. 그래서 음식 문화는 인문과 역사의 총합이기도 하다. 오른쪽은 여자의 배꼽을 닮은 토르텔로니 만두. 파스타의 한 종류다.

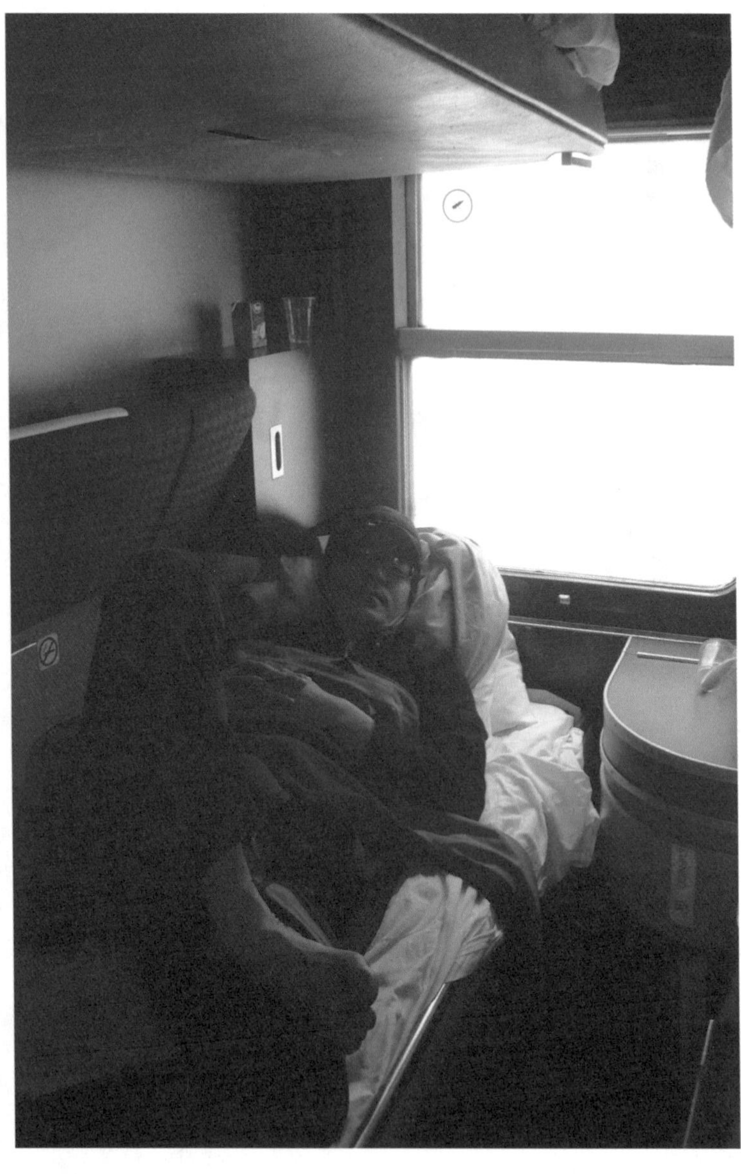

시칠리아 가는 야간 침대 열차에서 내 모습. 지나고 나면 "이런 게 여행의 묘미지" 하지만 피곤한 건 사실. 특히 맞은편이나 아래층 침대에 이태리 연인들이라도 타면 참 곤란하다는. 이태리 기차는 파업만 안 하면 썩 뛰어난 여행 수단이다. 물론 발로 걷어차야 작동하는 자동 판매기가 울화를 돋우기는 하지만.

먹어야 산다는 건 여행에서는 즐거움을 더하는 인간의 본능인데, 시칠리아의 유명한 송아지 내장 버거.

MARKET

도시의 뒷모습을 보는 건 좀
속상하고 짠하기도 하다.
특히 나폴리의 낡은 건물에
나부끼는 빨랫감은 술 한잔을
부르는 모티브인데, 사진은
시칠리아에선 꽤 괜찮은
건물이다. 에어컨까지 있는 걸
보니.

이태리에는 모토리노라고 부르는 자그마한 바이크들이 많다. 그 유명한 베스파의 본고장 아닌가. 몇십 년 된 피아트가 굴러다니는 것도 구경거리. 영화 〈지중해〉에서 장 레옹이 타고 다니던 차가 바로 저것인 듯.

최갑수의 사진은 어찌 보면
대상의 옆면을 응시하게 만든다.
북부 이탈리아의 어느 거리
풍경인데, 조는 듯한 빛의 색깔이
오래도록 기억에 남아 있다.

팔레르모의 새벽 거리 풍경. 나는 몹시 앓으면서 싸구려 여인숙의 냄새 나는 침대에 누워 있었는데, 최갑수가 불쑥 카메라를 들고 쓰러질 듯한 발코니에서 서서 이 장면을 찍더군. 마피아를 태운 피아트라도 우울하게 지나가면 어울릴 법한 분위기.

토스카나에서 종종 보이는
사이프러스 나무들. 이국에 있다는
인식을 뚜렷하게 만드는 오브제다.

하고서 그 요상한 바이브레이터(어쩌면 훔쳐가는 여자들이 있을지도 모른다)를 탁자 위에 놓고 고사를 지내야 비로소 커피가 나오는 걸 이해하기 힘들다. 빨리 빨리는 한국인의 전유물이 아니었던가. 적어도 커피 바에서만큼은 '빨리 빨리가 한국의 대명사'라고 주장하지 않아야 한다. 나는 간혹 꾸물거리는 자칭 바리스타들을 확 끄집어내고 그 자리에 들어가고 싶은 충동을 느낀다. 어이, 커피 맛이 후지면 서비스라도 빨리 할 수 없어? 언제부터 에스프레소가 완행이 됐다지?

더구나 한국의 '다방'에는 이탈리아 바의 여름 필수품 카페 샤케라토도 보기 힘들다. 그냥 거대한 텀블러에 얼음을 채워넣고 에스프레소 투 샷과 시럽을 왕창 투입하는 아이스커피밖에 구경할 수 없다(사실 더 끔찍한 건 카라멜 바나나 모카 라테나 그린 티 더블 판나 프라푸치노 같은 정체불명의 고설탕 고지방 음료이겠지만). 모름지기 한여름, 이탈리안 커피라면 카페 샤케라토를 빼놓을 수 없는데 말이다. 샤케라토란 영어로 하면 셰이크드shaked, 즉 흔들었다는 뜻이다. 커피 한 잔에 목숨 거는 우아한 이탈리안들이 무식한 텀블러 투 샷 아메리카노 아이스커피 따위를 마실 리 없다.

바리스타는 주문을 받으면 우선 송곳으로 얼음을 잘게 쪼개어 셰이커에 넣는다. 에스프레소 한 잔을 뽑아 셰이커에 넣고 칵테일처럼 재빨리 흔든다. 얼음이 녹아 커피가 차갑게 되면 예쁜 유리잔에 따르는데, 딱 한 모금 분량의, 거품이 우아하고 아름다운 카페 샤케라토가 나온다. 에스프레소처럼 단 한 번에 원 샷으로 마신다. 커피의 향은 그대로 살아 있고 적당히 차가운 촉감이 입안에 남는다. 이게 그들이 아이스커피를 즐기는 방법이다.

미국식은 한때 실용의 상징으로 세계를 풍미했다. 그러나 이젠 모두 미국식을 버리고 있다. 햄버거는 실용성을 벗삼아 노동 권장 음식으로 숭앙되었지만, 이제는 모두들 쓰레기라고 비난을 퍼붓는다. 그 의견에 전적으로 동의하는 건 아니지만, 미국식이 세계를 멍들게 했다는 건 피할 수 없는 사실이다. 우리는 미국식 커피를 마신다. 에스프레소라는 이탈리아 문화를 가져와서 미국식으로 비튼다. 미국인들은 엄청난 양의 '아메리카노' 커피를 마시고, 잠이 안 온다고 병원에서 수면제를 처방받는다. 세계 최고의 수면장애국이 바로 미국이다. 이런 아이러니, 한 번쯤 생각하게 만든다. 그나마 다행인 건 카라멜 마키아토의 칼로리가 미국 칠리스의 전설적인 디저트 초코칩 파이의 1천6백 칼로리에는 많이 못 미친다는 사실 정도?

드라마도 어지간히 찍을 게 없나보다. 작년엔가 파스타를 다 다룬 걸 보면 말이다. 시청률이 잘 나왔으니 망정이지 만약 죽을 쒔다면 당장 별말이 다 나왔을 것이다. 이 드라마를 찍은 프로듀서와 작가가 언젠가 나를 만나러 왔다. 파스타를 드라마로 찍는다굽쇼? 되게 할 일 없는 사람들이구나, 했다. 어쨌든 그 덕에 장안의 파스타 집에 손님들이 꽤 붐볐던 모양이다. 드라마 촬영 장소로 나왔던 한 식당의 셰프는 나와 전화 통화를 하면서 함께 이 놀라운 '사태'에 대해 토론을 했다. 손석희 교수는 없었지만 어쨌든 우리는 진지하게 토론을 했다. 이탈리아에서 한국에 돌아온 지 얼마 안 된 그는 드라마의 인기로 파스타 인기가 한동안 대박을 치는 게 아니냐고 했고, 나는 시니컬했다.

"어이, 친구. 〈파스타〉는 게임도 안 되게 〈선덕여왕〉은 역사적인 초대박이었다네. 그래봤자 한 달도 안 돼 이요원이 선덕여왕인지 미실인지 헷갈리는 사람도 있다구. 아마 비담 역은 장혁이 맡았다고 우기는 이도 있다지?(드라마 〈선덕여왕〉을 기억하기나 하는 거야?)"

어쨌든 드라마가 뜨면서 같이 뜬 메뉴가 있기는 하다. 알리오 올리오다. 파스타의 원형질 정도로 이해되기도 하는, 가장 간단하면서 밋밋한 파스타의 이름이다. 한식으로 치자면 간장에 비빈 쌀밥에 진배없다. 그저 좋은 오일(간장)과 스파게티(밥)의 조화일 뿐이다. 이런 게 고급 레스토랑을 표방한 곳에서 팔리는 것도 약간 코미디이기는 하다. 하긴 우리나라는 최고의 중식당에서도 자장면을 팔아야 하고, 피자를 취급하지 않는다고 내게 항의하는 손님도 봤다. 그냥 오일과 마늘이 전부인, 요리 프로그램에 출연하는 연예인을 데려다놔도 못 만들기가 더 어려운 그 스파게티 맛을 보려고 사람들이 줄을 잇는다. "글쎄, 손님. 그건 개가 만들어도 그냥 먹을 만한 파스타라니까요!" 나는 이렇게 외치고 싶지만 참는다. 손님의 선택권을 위하여? 천만의 말씀이다. 알리오 올리오가 좀 팔리면 그거 꽤 짭짤하기 때문이다. 딱 오일 세 숟가락과 면 백 그램, 마늘 두어 쪽만 가지고 만드니 재료비도 안 들어가고 게다가 미리 준비할 것도 없다. 그저 주문이 들어오면 오른쪽 손바닥으로 마늘을 탁, 으깨기만 하면 되는, 솔직히 요리라고 부르기도 뭣한 파스타가 아닌가. 아침부터 물 봐가면서 해물을 고르고 씻고 다듬고 정성 들여 소스를 뽑고 주문이 들어오면 복잡한 공정을 거쳐 만드는 해물 스파게티를 팔 것인가, 아니면 알리오 올리오를 팔 것인가 누가 물으면 대답은 자명한 일이다.

그렇지만 이런 시절도 얼마 안 가 끝나리라는 것도 자명하다. 다만 다음에 〈파스타2〉가 나오걸랑 제발 새벽에 갓 딴 토마토를 절여 만든 소스에 수제 면을 넣은 후 오븐에 딱 2시간 35분 익힌 그라탕 파스타 같은 건 다루지 않기를 바랄 뿐이다. 알리오 올리오보다 더 간단하면서 왕창 이문이 남는 그런 파스타를 다뤄주기를 바라는 게 파스타를 파는 셰프들, 아니, 사장들의 솔직한 욕망이라고나 할까. 뭐, 고추장 스파게티는 어떨까.

확실히 방송은 파괴력이 있다. 지인이 말했다. 글쎄, 박셰프, 파스타랑 스파게티가 각각 다른 거 아니었어? 드라마 보고 알았네. 혹시라도 모르는 분을 위해 설명하자면, 스파게티는 파스타의 오만 가지 종류 중 하나이다. 그 지인은 식당에 가면 음식보다 어떤 그릇을 쓰나 관심이 더 많은 사람이다. 접시를 들어 고개를 꺾고 바닥을 들여다보는 못된 버릇이 있다는 얘기다. 그는 그 계통에 꽤 조예가 깊은 것 같아서 어디 식당의 샐러드 접시가 에르메스네 어쩌네 떠들었다. 그렇지만 그런 것만도 아닌 게, 그가 우리 식당 접시 밑바닥을 보고는 "박셰프 중국제 쓰네?"라고 했기 때문이다. 나는 내 접시를 뒤집어보았고, 이런 글귀를 발견했다. "Bone China."

그것뿐만 아니다. 며칠 전에는 한 지인이 얼굴이 발그레해져서 말했다. 이탈리아에 여행을 갔더니 남자 거시기를 닮은 파스타가 있더라구요. 나는 본 적은 없지만 이탈리아라면 그러고도 남을 거라는 걸 잘 알기 때문에 고개를 끄덕였다. 그런데 여기서 드는 의문 하나. 그 파스타는 누가, 어떻게 먹느냐는 거다. 이를테면 이런 상황이 머리에 떠올려지지 않는가. "여보 파스타 한 그릇 더 줘. 아아, 살살 좀 다루라구. 이놈의 파스타를 알 덴테로 삶지 않았나, 왜 불알이 자꾸 떨어져?" 아니면, "여보, 새로 나온 거시기 파스타 좀 사가지고 와. 요새 굵고 탱탱한 것들이 마트에 많이 나왔다던데" 하는 식으로 말이다.

사실을 말하자면, 이런 요상한 파스타는 신기한 짓을 잘 벌이는 이탈리아에 당연히 있고도 남는다. 그러나 이런 걸 먹지는 않는다는 점을 염두에 두시라. 이탈리아의 파스타는 오직 먹는 식재료에 머무는 것이 아니다. 파스타로 흉상도 만들고, 장난감도 만든다. 물론 어수룩한 관광객용 기념품이 고작이지만. 공항 면세품점이나 피렌체 어느 상점에서 파는 색색깔의 파스타 역시 마찬가지다. 온갖 색을 넣은, 또는 유기농 곡물과 도정하지 않은 거친 곡물로 만든 그런 파스타들은 관광객의 호주머니를 노리는 일종의 기획 상품이다. 당신이 면세점에 명란젓과 김치를 사러 가지는 않는 것과 같은 이치다. 아마도 이탈리아 여행을 몇 번 다녀온 당신의 부엌 어디선가 그 색색깔의 파스타가(어쩌면 거시기 모양의 파스타까지도) 썩어나고 있을지도 모를 일이다. 글쎄, 파스타는 빈티지가 없어서 숙성된다고 맛있어지지는 않는다니까요.

이탈리아 사람들은 점심에 파스타를 푸짐하게 먹는 전통이 있다. 노동계급은 일하려면 점심을 잘 먹어야 했기 때문이다. 보통 점심은 세 시간을 쉰다. 요즘 대도시의 회사들은 그러지 못하지만, 전통적인 점심은 그랬다. 두어 시간 먹고, 한 시간은 잤다. 이탈리아인들의 다산성이란 피임 금지의 가톨릭 국가 규율 때문이기보다는 잘 시간이 남들보다 더 많은 게 이유가 아닐까. 웬만한 도시에서는 1시부터 4시까지는 물건을 살 수 없다. 점심 철시다. 그러나 최근의 분위기는 많이 바뀌고 있다. 몇 해 전, 아예 로톤디라는 장관이 작정하고 "점심 시간을 없애야 한다"고 발언한 일도 있었다. "일하는 시간이 줄어들기 때문"이라는 그의 이 발언에 전국이 들고 일어났다. 한 공산당 간부는 그를 비꼬며 "로톤디가 언제 일을 하긴 했나"라고 일침을 놓았다. 어쨌든 이탈리아인들의 긴 점심 시간은 한국 직장인에게 부러울 뿐이다. 10분 이동해서 10분 기다리고 10분간 먹고 10분간 쉬고 다시 일을 시작하는 우리들에게 그곳은 점심 천국인 것이다. 그 긴 점심 시간에 만리장성은 못 쌓을 것이며, 소설 한 편은 못 읽을 것이냐.

이탈리아 여행의 성수기는 언제일까. 모든 계절을 다 싸돌아다녀본 내 경험에 의하면, 역시 계절의 여왕이라는 5월이 아닌가 싶다. 5월이 되면 골목 어디선가 갓 구운 빵 냄새가 나며, 햇살은 입가에 묻은 카푸치노 거품처럼 적당히 피부를 간지럽힌다. 아침저녁으로는 제법 쌀쌀하지만 그렇다고 옷깃을 여밀 필요는 없이 시원한 정도이며, 한낮에는 카페 샤케라토를 마셔도 될 만큼 기분 좋게 땀이 살짝 배어나온다. 보통 때 같으면 심통맞을 것 같은 싸구려 식당의 웨이터들도 5월에는 왠지 나긋나긋해 보이고, 요란한 폭발음을 내는 아이들의 50cc짜리 베스파도 5월에는 천천히 달린다. 물론, 집시 아줌마들이 본격적으로 손에 돈맛을 들이고, 당신처럼 얼뜨기로 보이는 관광객을 노리는 야바위꾼들의 시즌이 시작되는 것도 5월이지만……

어쨌든 집시들과 야바위꾼들을 피해 열심히 걷다보면 먹어야 하는 게 있다. 바로 이탈리아의 전설, 젤라토다. 이탈리아에서 젤라토를 안 먹어보고서야 어찌 이탈리아에 왔다고 할 수 있으리. 젤라토는 살살 녹는다는 진부한 표현으로는 그 맛을 다 설명하기 어렵다. 가게마다 비법이 있어 자기 젤라토 맛에 자부심을 갖는다. 크림처럼 입안에 부드럽게 감기며, 혀에 닿으면 흔적도 없이 사라진다. 그렇다고 소프트 아이스크림처럼 먹는 속도보다 더 빨리 녹는 속 빈 수수깡 같은 건 아니다. 적당히 단단하면서도 입에 넣으면 녹는 그런 맛을 가진 게 진짜 젤라토다. 그게 그거 같은 젤라토 맛이지만, 젤라토 맛 감별에 일가견이 있는 이탈리아 시민들은 잘하는 집에 줄을 선다. 홍대 앞 조폭 떡볶이 못지않게 줄을 서는데, 웬만해선 줄이 줄어들 기미가 없다는 게 문제다. 이탈리아 사람들은 젤라토를 고를 때조차 자신의 개성을 한껏 드러내기 때문이다. 2유로짜리라면 두 가지 맛, 3유로짜리는 세 가지 맛을 선택할 권리가 있게 마련이다. 한국인 같으면 자기 차례가 오기 전에 미리 진열장을 쫙 훑어서 선택을 해둘 테지만, 이탈리아 사람들은 자기에게 주어진 권한을 최대한 누리려고 든다.

"음, 초콜라토 주시구요……"

이렇게 운을 떼면 종업원은 "뽀이poi, 다음은?" 하고 재촉을 하는데, 듣는 이는 그게 시작이다. "멜론에다가 레몬 맛을 섞고, 3유로짜리 두 개는 각각 피스타치오랑 커피 맛, 살구 맛에 헤이즐넛과……"

젠장, 이민국에서 망명 신청을 하는 것처럼 줄이 줄어들 기미가 없고 젤라토 대신 당신의 인내심이 녹아버릴 지경이다. 그나마 볼거리가 있는데, 주문받은 젤라토를 담는 직원들의 손놀림이다. 바의 바리스타처럼 손이 보이지 않도록 움직인다. 〈생활의 달인〉에 나오면 대박감이다. 진열장 안에서 스크래퍼를 쥐고 멋지고도 재빠른 동작으로 수십 가지 맛의 젤라토를 한 치의 오차도 없이 박박 긁어 담는다. 바삭한 콘 위로 젤라토를 쓰러질 듯 올려 담는 기술은

가히 압권이다. 이탈리아도 물가가 많이 올랐지만 젤라토는 여전히 푸짐해 보인다.

내게는 지금도 끊임없이 이탈리아 요리 유학을 결심한 사람들의 문의 전화나 메일이 쏟아진다(내 연락처를 어디서 알아냈지?). 나는 이선균처럼 거드름만 피우는 주방장은 아니어서 심지어 일도 한다. 그런데 쏟아지는 주문을 처리하는 저녁 7시 반에 전화를 걸어 "저…… 죄송한데요, 저는 누구누구 친구 김태희라고 합니다. 뭘 좀 상의드릴 일이 있어서요" 하고 운을 떼는 이들도 여럿이다. 이탈리아보다 더 좋은 곳을 추천해주고 싶은 마음이 드는 친구들이다(지옥에나 가버렷!).

어쨌든 이 친구들에게 나는 요리 유학을 대체로 말리는 편이다. 어느 세월에 배워서 언제 써먹고 돈 벌겠수. 나는 혀를 차면서 대신 기막힌 방법이 있다고 유혹을 하는데, 대개 젤라토 기술을 배워오라고 권한다. 그게 다 그럴 만한 이유가 있다.

첫째, 한국에 아직 먹을 만한 젤라토가 거의 없다.

둘째, 젤라토 가게는 아주 작게 차릴 수 있어서 인건비나

인테리어비를 적게 들이고도 열 수 있다.

셋째, 재고가 남지 않는다. 젤라토는 유통기한이 사실상 없기 때문에 팔지 못해 버리는 불상사는 벌어지지 않는다.

넷째, 장사 중에 최고는 물 장사랑 공기 장사인데 둘의 공통점은 원가가 적게 먹는다는 것이다. 같은 먹는 장사라도 건더기가 많이 드는 삼겹살보다는 커피가 낫고, 공기로 부풀리는 빵이 낫다는 얘기다. 그런데 젤라토는 두 개를 모두 포함한다. 젤라토는 결국 액체로 만들며 그 풍성해 보이는 양도 결국은 다 젤라토 속의 액체와 공기 때문이다. 젤라토가 입에서 사르르 녹는 건 바로 젤라토 속의 공기 때문이 아니고 무엇이란 말이더냐. 이렇게 장사 비법까지 공개해주면 적어도 내게는 1년치 젤라토를 공짜로 주는 사람이 있겠지, 하는 희망을 품어본다.

이탈리아 화장실,
다채롭고 모험 가득한 어드벤처 사파리

친구 J는 종종 내 이탈리아 여행의 동반자가 되기도 했었는데(앞에서 고속도로 경찰에게 속도위반으로 잡혔던 녀석이다) 엉뚱하기로 치면 따라갈 방도가 없는 위인이었다. 한번은 피렌체의 시내에서 갑자기 화장실을 찾더니 얼굴이 시뻘게져서 돌아왔다. 혹시나 어린 양아치들과 싸움이라도 붙었나 걱정이 되어서 다그쳐 물었더니 실소를 자아내는 사연이 있었다. 화장실 변기에 엉덩이받이(이걸 뭐라고 부르지? 의자? 좌변대? 하여튼)가 없더란다. 그래서 결국 다리를 기역 자로 하고 오토바이 타는 자세로 큰 볼일을 봤다는 거였다. 그의 얼굴이 붉어진 이유였다.

"야, 얼마나 운동을 안 했는지 3분을 못 버티겠더라고. 대충 자르고 나왔어."

나는 떠올렸다. 초등학교 3학년 때 담임 선생이 우리들에게 시켰던 '오토바이'라는 기합이 있었다. 생각해보면 어린 아이들에게 참 몹쓸 선생이었다. 어쨌든 두 팔을 앞으로 내밀고 다리를 기역 자로 만들어 마치 오토바이 타는 것처럼 구부려야 하는 그 기합은 참으로 고통스러웠다. J가 그 기합(?)을 스스로에게 내리고 있는 꼴을 상상하니 웃음이 터져나와 푸핫, 나도 모르게 피렌체 두오모 광장에서 폭소를 터뜨리고 말았다.

그렇다. 이탈리아의 공중화장실에서 엉덩이를 제대로 앉힐 수 있는 변기를 발견하는 건 엄청난 행운이다. 짧은 걸 도모하는 여자들이야 그럭저럭 해결이 가능하겠지만, 큰 것을 염두에 둔다면 우리의 대퇴근과 사두근의 힘을 시험해볼 절호의 기회다. 단, 이때 도기 부분과 엉덩이의 접촉 상태를 절묘하게 유지하는 노력이 필요하다. 약 5밀리미터 정도 간격을 두는 게 경험상 최적의 모드인데, 그래야 수직

낙하물의 반작용으로 물이 튀어올라 엉덩이를 적시는 걸 방지할 수 있기 때문이다. 도기 부분의 위생 상태가 불량하다거나 다리에 힘이 풀려 지나치게 엉덩이를 띄우면 예상치 못한 물리 실험을 하게 될 수 있다. 그러니까, 올림픽 다이빙 선수가 물기둥을 일으키지 않고 날쌔게 입수하는 것처럼 거리와 힘 조절의 신묘한 노하우를 터득해야 한다.

여기서 끝나는 게 아니다. 다리를 기역 자로 만든 상태에서는 절대 물을 내리지 말아야 한다는 걸 팁으로 알려주련다. 질풍노도에 버금가는 엄청난 수압의 물이 와르르, 쏟아져 애써 챙긴 엉덩이가 물벼락을 맞는 수가 있기 때문이다. 나로 말할 것 같으면 아마도 한국인 중에서도 이탈리아 화장실의 다채롭고 모험 가득한 어드벤처 사파리의 기능에 대해 쫙 꿰고 있는 보기 드문 사람이라고 하겠다. 그래서 J는 도저히 흉내 낼 수 없는 오랜 시간의 기역 자 구부리기 신공이 가능하며(게다가 나는 변비 환자였다) 일을 마치고 물을 내릴 때는 언제나 엉덩이를 약 15센티미터 떼고 있어야 한다는 자체 매뉴얼을 절대 잊지 않는 두뇌의 소유자인 것이다.

그런데 왜 이탈리아의 공중화장실에는 엉덩이받이가 없을까. 간혹 기차역이나 공항의 화장실에 온전한 것이 있는 걸 보면 원래부터 그렇게 '출시'된 것 같지는 않다. 자동차 오디오처럼 누군가가 떼어간 것일까. 아니면 누군가가 부수어버렸을까. 고민 끝에 나는 한 결론에 도달했다. 그건 '주인이 일부러 떼어냈다'였다.

이탈리아의 화장실 사정은 몹시 좋지 않다. 당신이 여행을 할 때는 반드시 호텔에서 아침 볼일을 보는 게 신상에 좋을 거라고 경고를 해도 이상한 일이 아니다. 가급적 물이나 생맥주를 많이 마시지 말라고도 해야겠다. 그래서 시내의 바 화장실은 항상 사람들로 붐빈다. 대개는 남녀 구별도 없이 달랑 한 칸을 그 많은 뜨내기 관광객들이 이용해야 한다. 어쩔 때는 관광지 바의 주인은 오직 화장실을 이용하려는 손님에게 뭔가를 팔아 먹고사는 것 같다는 생각이 들 지경이니까. 그러니 장시간 명상이나 경직된 배설물과 투쟁할 행복한 환경의 화장실은 없다. 아아, 내가 이 결론에 도달하기 위해서는 오랜 내공이 필요했다는 걸 독자들이 인정해주시길 원한다. 이탈리아의 전국적 평균을 내고, 표본을 수집해서 의미 있는 데이터가 구축될 만큼 많은 지역의 공중화장실을 오랜 기간에 걸쳐 다녀봐야 나올 수 있는 결론이기 때문이다.

J는 바라지 않는 상황에서 사람을 웃기곤 한다. 한번은 내 이탈리아 친구들과 J, 그리고 내가 식사를 한 적이 있었다. J의 식사 예절이 나쁜 편은 아니어서 크게 걱정을 하지 않아도 됐다. 털어놓자면, 나는 한국인의 식사 예절이 결코 인터내셔널하지는 않다고 본다. 먹는 관습이 다르기 때문인 것 같다. 예를 들면, 이탈리아에서(뿐만 아니라 서구 사회의 보편적 기준이다) 입을 벌리고 음식물을 씹는 건 심각한 결례다. 더 심각한 건 '쩝쩝' 소리를 스테레오로 동반할 때다. 여기다가 트림까지 하신다면 거의 결례의 풀 버전이라고 할 수 있는데, 우리가 외국인과 밥을 먹는다면 대개는 비즈니스 자리일 가능성이 크다. 탐, 제인과 식사하는 게 아니라 미스터 데이비슨, 미즈 스미스가 될 확률이 높은 것이다. 그럴 때 식사중의 결례는 비즈니스를 어렵게 만든다. 당신이 최상급 식재료와 유럽 문화, 나아가 그날 고른 메인 와인에 대한 심도 있는 교양을 뽐낸다고 하더라도 이 한 방에 비즈니스 분위기가 망가질 수 있다(덧붙이자면, 샴페인이 맛있다고 자꾸 홀짝거리다가는 트림의 유혹을 견딜 수

없게 된다. 병당 50만 원짜리 빈티지 돔 페리뇽을 안 마실 수도 없고, 이것 참……).

J는 분명 과도하게 긴장하고 있었다. 소리 내지 말자, 입 벌리지 말자, 트림하지 말자…… 그는 식은땀까지 흘리고 있었다. 그는 더운지 물을 자주 들이켰다. 거기까지는 괜찮았다. 그가 인간 분수 쇼를 선보이기 전까지는. 녀석이 마신 물은 가스가 잔뜩 든 '프리잔테'였다. 커피 전문점의 그 프리잔테가 아니라는 것은 아시겠지. 이탈리아의 테이블 워터는 두 종류다. 나투랄레 또는 프리잔테. 나투랄레는 가스 없는 물이고, 프리잔테는 방울방울 거품이 올라오는 가스 물이다. 녀석은 프리잔테를 마시고 원하지 않는 트림이 올라오자 억지로 참으려 했다.

"글쎄, 어쩔 수가 없었다구. 마치 샴페인을 흔들어 딴 것 같았어!"

왜 아니래. 프리잔테 물이나 샴페인이나 거품이잖아. 녀석은 프리잔테가 돌발시킨 트림이 올라오자 어찌어찌 입은 틀어막았는데 솟구치는 트림이 어디로 가나. 결국 그의 코로 강력한 두 줄기 프리잔테 워터 쇼가 분출되고 말았던 것이다.

물 이야기(더이상 화장실의 물 이야기는 하지 않으마)를 조금 더 하련다. 이탈리아는, 거개의 유럽 국가가 그렇듯 물 사정이 좋지 않다. 먹는 물은 대개 병에 든 물을 사 마신다. 어떤 것은 웬만한 싸구려 와인보다 비싼 물도 있다. 물론 내가 마시던, 수돗물보다 결코 조금도 나아 보이지 않는 엉터리 생수도 있다. 약간의 심리적 효과 외엔 별로 나을 게 없는 물이다(그래도 난 생수 사마시고 산다, 흠. 이 정도?). 수돗물로 보자면 상당히 심각하다. 검정색 코팅이 된 냄비에 물을 한바탕 끓이면 바닥에 하얗게 이물질이 남아 있는 것을 확인할 수 있다. 집어보면 고운 소금처럼 바스락거린다. 그러니 생수를 마실 수밖에 없는 일이다. 그런데 몸에 좋자고, 아니, 덜 나쁘자고 생수를 사먹는 사람들의 생각을 한 방에 무너뜨리는 말을 나는 안다.

"석회석 가득한 수돗물 대신 생수를 사드신다고? 흥. 네가 먹은 피자와 파스타는 그럼 에비앙으로 반죽한 줄 알아?"

파스타를 좀 삶아보신 분은 아실 것이다. 그 국숫발이 얼마나 물을 많이 잡아먹는지 말이다. 딱딱한 돌 같은 면이 부드러워지자면 다량의 물이 필요하겠다. 이탈리아의 석회석이 그다지 나쁜 것만은 아닌지도 모른다. 똑같은 스파게티를 삶아도 이탈리아에서 먹으면 더 맛있는 이유가 석회석이 잔뜩 들어간 수돗물 때문이라는 설도 있으니까.

이탈리아 사람들이 물 대신 와인을 즐겨 마시는 것도 수돗물 사정과 관련이 있다. 사실, 이탈리아에서 생수가 중요한 음료수가 된 것은 그리 오래된 일이 아니다. 시골에 가면 지금도 늙은 농부들이 들판에서 와인으로 목을 축이는 걸 볼 수 있다. 카페에서 물 탄 화이트 와인으로 갈증을 달래기도 한다. 이탈리아 와인 하면 가장 먼저 떠오르는 건? 물론 키안티다. 그래서 이탈리아 사람들은 키안티만 마시는 줄 아는 사람들도 있다. 천만의 말씀이다. 이탈리아 사람들이 다른 지역의 와인을 마시는 일은 아주 드물다. 키안티는 토스카나 와인이니 대개는 토스카나 사람들이 즐긴다. 그런데 키안티 같은 레드 와인보다 더 흔한 건 화이트 와인이다. 특히 음료수 대용은 대개 화이트 와인이다.

J와 거리에서 와인 한 잔을 마셨다. '안주'라는 개념이 거의 없는 이탈리아에선 아무리 관광지라고 하더라도 싸구려 와인 한 잔을 시켜놓고 안주 없이 뭉개도 눈치 주는 법이 없어 고맙다. 그렇지만 우리는 한국인, 안주가 있어야 술이

들어간다. 나의 선택은 대개 프로슈토다. 돼지 허벅다리를 소금에 절여 바람에 말린 게 바로 프로슈토다. 좋은 프로슈토는 정말 입에 넣으면 사르륵 녹아버린다. 소금과 바람, 시간이 만들어낸 물리화학적 변화가 고기 속의 감칠맛을 최대로 이끌어내기 때문이다. 프로슈토는 바닷바람과 골바람이 밤낮으로 적절히 불어오고, 일교차가 크고 온화한 날씨에서 잘 만들어진다. 이 자연의 섭리는 과학의 힘으로도 풀지 못한다. 많은 이탈리아의 장사꾼들과 과학자들이 최고의 프로슈토가 나오는 지역의 기후를 인공적으로 만들어놓고 프로슈토를 숙성시켜보았다. 그럭저럭 먹을 만했지만, 최고라는 파르마나 산 다니엘레 같은 지역의 프로슈토 맛과는 한참 거리가 있었다. 한국으로 치면, 아무리 뛰어난 김치냉장고라고 하더라도 산골의 대지에 묻힌 김장독 김치 맛을 따라갈 수 없는 것과 비슷한 이치다. 맛있는 프로슈토와 김치가 익는 과정에는 인간의 머리로는 다 알 수 없는 은밀하고 복합적인 작용들이 벌어지고 있는 것이 아닐까.

프로슈토 얘기가 나왔으니 말인데, 미제나 호주산 가짜(!) 프로슈토를 떡하니 내놓고 팔고 있는 식당들을 조심하시라. 물론 한국의 이야기다. 아니, 미제나 호주산이 가짜라고?

그렇다. 나는 그렇게 생각한다. 당신 같아도 일본의 기무치를 진짜 김치라고 생각하지는 않겠지?

프로슈토를 맛있게 먹으려면 몇 가지 전제 조건이 있어야 하는데, 그중 가장 중요한 건 물리적 요건이다. 어렵다고? 천만에. 그 답은 '얇게' 썰어야 한다는 말이다. 프로슈토는 얇게 썰어야 혀에서 녹는 맛, 씹히는 맛이 조화를 이루어 가장 맛있게 먹을 수 있다. 연전에 어떤 와인 바에서 인심 좋은(?) 주방장이 두툼하게 썬 프로슈토를 보고 경악한 적이 있다. 이건 두 가지 죄악이다. 하나는 물론 프로슈토를 맛없게 만든 죄, 다른 하나는 재료비를 많이 써서 사장을 괴롭힌 죄라고나 할까.

보너스 하나. 이탈리아에서든 한국에서든 식당의 메뉴를 잘 읽는 법을 알아보실까. 나는 메뉴판에 숨겨진 암호를 해독하는 일급 해독 전문가이기도 하다. 그건 순전히 내가 원래 메뉴판을 만드는 사람이기 때문이다. 식당 주인이나 주방장들은 메뉴판의 행간에 암호를 설정하곤 한다. 이런 거다.

1. 신선한: 식당의 재료가 신선해야 하는 건 당연한 일. 아마도 이런 표현이 나온 건 사막이나 텍사스의 오지일 것 같다. 어쩌다 신선한 재료가 들어오면 그걸 강조해야 했을 테니까.

2. 주방장 추천: 글쎄, 별로 팔리지 않는 재료란 뜻입죠.

3. 오늘의 메뉴: 어제 팔다 남은 것, 또는 오늘 못 팔면 버리는 것.

4. ○○○풍의: 절대 오리지널이 아니라는.

5. 인기 메뉴: 이문이 많이 남는.

네가 뭘 먹는지 말하면
네가 어떤 사람인지 말해주마

이 긴 이야기는 한 잡지에 연재한 것인데, 열렬한 독자의 호응으로 팬레터가 답지,까지는 아니더라도 주변의 예상 밖의 냉담한 반응을 얻고 있다. 그래, 너 이탈리아 실컷 여행한 얘기 자랑질도 심하구나부터, 그놈의 변기나 화장실 얘기는 그만 좀 하라는 게 대체적인 반응일 뿐이다. 굳이 변명을 하자면, 이 글은 원래 '자랑질'하려고 시작한 것이니까 어쩔 도리가 없다. 변기나 화장실도 그렇다. 여행에서 이것처럼 중대한 요소가 어디 있냔 말이다. 브리야 사바랭이 "네가 뭘 먹는지 말하면 네가 어떤 사람인지 말해주마"고 했다지만, 나는 "네가 어떻게 배설을 해결하는지 말하면"이라고 고쳐 말할 수도 있다. 급한 게 마려우면, 특히나 설사가 나서 공중화장실을 찾아 온 거리를 헤맬 때, 길거리의 걸인이나 우리 반의 띨띨한 왕따조차도 부러웠던 경험들 없으신가. 그 거리가 외국이라면 더 심각해지고, 특히나 이탈리아의 한심한 화장실 실태에 비추어보면 나의 화장실과 변기 타령은 제법 유용한 여행 팁이 되고도 남을 것 같다. 그렇지 않은가.

아참, 뜻밖의 열광적인 호응을 받았던 내용도 있긴 하다. 앞에 나왔던 이탈리아식 소 내장탕 끓여 먹는 법이었다. 거기다 더해 이탈리아에서 쌀을 잘 고르면 이천 쌀 뺨치게 윤기가 좌르르 흐르니 그럴듯한 밥상을 차려낼 수 있다는 얘기다. 고추장에 김치, 김까지 바리바리 싸가지 않고도 한식이 그리운 여행객들의 객고를 풀 수 있는 요긴한 방법이다. 이런 열렬한 독자 호응의 배경에는 한국인 특유의 조국 음식 애호 정신이 도사리고 있다. 아직도 3박 4일짜리 단체관광에 쌀과 버너, 라면을 지고 오는 분들이 있다지 아마? 여행의 묘미 중의 하나는 현지식을 먹어보는 것이라고 아무리 강조해봐도, 그놈의 '밥심' 타령(엽전은 한식을 먹어야 힘을 쓰지)이나 김치 없이는 밥 못 먹는다는 애끓는 호소가 이어진다. 비록 수상한 한식당에서 조선족 아저씨가 끓인 정체불명의 김치찌개를 20유로나 주고 사먹더라도, 뱃속에 한식이 들어가지 않으면 여행할 기운이 나지 않는다니 별도리가 없기도 하다.

고백하자면, 나 역시 그런 대다수 한국 여행자와 태도가 크게 다르지 않다. 솔직히 '흥, 겨우 한 달짜리 배낭여행에 웬 한식 타령이람' 하면서 빵 쪼가리와 치즈 따위를 냠냠거리는 아가씨들을 보면 살짝 빈정이 상해서 몰래 헤드록을 걸고 꿀밤을 때리고 싶은 사람이다. 그렇지만, 명색이 이탈리아 셰프 체면에 공항 면세점에서 슬쩍 김치 봉지나 명란젓 따위를 사는 짓은 하기 어려운 게 솔직한 내 심정이다. 그래서 비장의 소 내장 독일 백김치찌개를 끓여 먹을 궁리를 해냈던 것이 아닐까. 그 짓이 진짜 김치로 만든 찌개보다 덜 쪽팔린다는 근거는 없다만……

아무 때나 사이비 김치찌개를 끓일 수는 없다. 싸구려 호텔 방이라고 하더라도 김치찌개 냄새를 피우는 건 '코리안 출입금지'를 자초하게 한다. 두어 해 전, 어떤 식품업계 사장과 이탈리아 여행을 함께했는데, 그는 가지고 온 사발면을 끓여드시고 찌꺼기를 변기에 버렸다. 건더기는 어찌어찌 내려갔는데 벌건 기름기가 변기 둘레에 파도쳤다. 복도에 사발면 냄새가 자욱했던 건 물론이다. 다음날, 체크아웃할 때 청소하시는 아주머니의 그 싸늘한 눈빛이란…… 그러니 어지간하면, 그러니까 한식을 못 먹어 숨이 넘어가겠네, 하기 전에는 다음에도 그곳을 들를 한국인을 위해 좀 참아주시라. 의외로 한국인이 안 들르는 곳이 없다. 어디서나 한국인이라고 하면 "안농하쎄요" 정도는 듣고 사는 명색 신흥 강국 아닌가.

한식섭취강박증후군이라고 이름 붙일 만한, 이런 환자(?)들에게 각별한 팁이 있긴 하다. 바로 중식당이다. 아, 일식당은 없냐구요? 있긴 하지만 이탈리아에서 우리가 생각하는 그런 일식당을 만나기는 좀 힘들다. 게다가 그 맛이란 아주 오묘(?)해서, 음, 영화로 치면 톰 크루즈 주연의 영화 〈라스트 사무라이〉라고나 할까. 아니면 북한을 다룬 007 시리즈 영화의 어설픈 디테일을 보고 우리가 킬킬거렸던 걸 기억해보자. 〈호기심 천국〉 수준의 오리엔탈리즘에서 몇 발짝 벗어나지 못한 그 영화들처럼 어색하기 짝이 없는 일식이라니. 우동 국물이 꼭 월계수 잎을 넣고 끓인 콩소메 맛 같다고 해서 화를 내지는 말자. 스시라고 해봐야 당신이 저주하는 강남역 어느 구석의 롤집 수준인데, 물론 다꾸앙은 안 주신다. 이탈리아 식당엔 피클이 없는데 다꾸앙이 있을라구.

어쨌든 중식당을 발견하면 우리는 해갈이 되곤 한다. 짜장면과 짬뽕은 없지만 말이다. 올리브유와 토마토소스, 얇은 피자에 질리는 순간은 의외로 빨리 오는 법이다. 서울에서 이탈리아 음식이 먹고 싶다고 징징거리던 사람들이 그 맛있는 피자에 고개를 돌리고, 파스타 그릇이라면 쳐다보기도 싫다는 듯 구역질을 하기 시작하는 건 여행한 지 그리 오래되지 않아서다. 정체불명이라도 좋으니 아시아 음식이라면 불개미 튀김이라도 먹을 기세가 되기 때문이다(맛이 없어서 숟가락을 던져버린 마누라의 된장찌개가 그리운 건 바로 이 순간뿐이다).

K와 피렌체를 어슬렁거렸던 건 으슬으슬 겨울비가 내리던 날이었다. K는 바리톤 가수였는데, 삼겹살이 자신의 성량을 늘려준다고 믿는 별난 녀석이었다. 실제로 그는 삼겹

살을 한 근쯤 구워 아침 식사를 하기도 했는데, 아닌 게 아니라 그의 목소리가 점점 좋아지는 것처럼 느껴지기도 했다. 특히 혀를 심하게 굴려야 하는 '알(r)' 발음에서 탁월한 표현력이 필요한데 삼겹살이 도움을 주는 것 같기도 했다. 아르르르르, 하고 녀석이 혀를 굴리면 꽤 그럴듯해서 바리톤 김동규, 아니, 〈오 솔레 미오〉를 부르던 파바로티 저리 가라 할 만큼 매력적으로 느껴졌다.

"케 벨라 코사 나유르나 타 에 솔레~ 펠라리~~아 프레~~스카."

녀석은 중식 애호가여서 이탈리아에서 중식당을 공략하는 노하우를 짭짤하게 꿰고 있었다. 녀석은 두어 군데의 중식당을 그냥 지나쳤다. 그리고 두오모에서 피렌체 중앙역으로 가는 길 귀퉁이의 작은 집을 골랐다.

이탈리아의 중식당은 모두 체인점이 아닌가 싶을 만큼 음식 솜씨나 메뉴의 구성이 대동소이하다. 들리는 얘기로는, 어떤 거대한 식당 카르텔이 존재한다고도 한다. 재료를 싸게 사서 일괄로 쫙, 뿌리는가 하면 요리사나 홀 서버들도 알맞게 공급해주는 그런 카르텔이라고 한다. 녀석이 어학원을 다니던 시절에 동급생 중국인에게 들은 얘기이니 적어도 완전히 틀린 말은 아닐 것 같았다.

"쨍기초 초급반에 막 대륙에서 건너온 젊은 남녀 애들이 왕창 입학하지. 그리고 다음달이면 그들이 모두 사라져. 이탈리아어 공부라고는 그게 다야. 곧바로 식당이든 어디든 일하러 가는 거야. 몇 달씩 이탈리아어를 공부할 시간도 돈도 없다는 거지."

실제로 중식당에서 통하는 언어는 딱 하나다. 이탈리아어는 주문한 음식 그릇 수를 셀 때나 겨우 소통될 뿐, 중국어가 훨씬 낫다. 나는 여행중에 중식당을 들르면 조금 어려운 주문(이를테면, 흰밥에 매운 소스를 넣고 잡채와 함께 볶아달라거나 해물탕면에 고추기름을 넣어 짬뽕식으로 만들어달라는)은 이탈리아어로 하지 않는다. 그냥 종이에 한자를 쓰고, 몸짓 발짓을 섞어 주문하는 게 한결 낫다. 이건 정말 체험에서 우러나온 귀한 팁인데, 함부로 '프라이드 라이스', 즉 볶음밥을 시키지 말라. 밥을 기름에 튀겨서 누룽지를 만들어 내오기 십상이니까. 그리고 눈을 멀뚱히 뜨고 어이없어하는 당신에게 반문할 것이다.

"밥을 튀겨(프라이)달라고 하지 않으셨나요?"

녀석의 중식당 공략 팁은 그래서 단출하게 짜였다.

"형! 복잡하면 틀린다구요. 그냥 춘권에 잡채밥, 탕수육을 시키면 됩니다."

어떤 중식당에서나 똑같은 맛과 가격의 춘권과 탕수육을 시키는 건 어렵지 않다. 춘권春卷은 한자어를 이탈리아어로 푼 인살라타 프리마베라, 탕수육은 마얄레 콘 살사 아그로돌체라고 하면 된다. 문제는 잡채밥이다. 이게 중식당의 정식 메뉴가 아니기 때문이다. 그는 이 방면의 고수다웠다. 그는 우선 잡채를 하나 시켰다. 잡채 역시 이탈리아 사람들이 이해하기 쉽게 스파게티 치네제, 즉 차이니즈 스파게티다. 거기에다 흰밥을 하나 추가한 후 매운 소스를 달라고 해서 즉석에서 비빈다. 매운맛이 도는 잡채밥의 맛이 기막히다. 그렇다면 매운 소스는 뭐라고 해야 주나.

"뭐, 그냥 이탈리아어로 하시면 되죠. 살사 피칸테!"

K는 손님은 안중에도 없이 위성방송으로 중국 CCTV의 희한한 코미디 프로그램을 보면서 킬킬거리던 직원을 불러 주문을 넣었다. 그 직원은 러닝셔츠 차림의 주방장에게서 요리를 받아 시선은 여전히 텔레비전을 향한 채 우리에게 요리를 날랐다. 접시를 내려놓으면서도 그는 일관되고 고

집스럽게 고개를 텔레비전으로부터 돌리지 않았기 때문에 탕수육 소스가 바닥에 흐를 뻔했다. 우리는 그런 것쯤이야 아랑곳하지 않고 만족감에 몸을 떨며 흐흐 웃었다. 곧 우리 입에 '아시아' 음식이 들어가기 때문이었다.

십여 년 전에는 그렇게 흔했던 중식당이 요새는 그리 자주 눈에 띄지 않는다. 들리는 말로는, 이탈리아 경찰이 대대적으로 중국인의 불법 입국을 단속하고, 불법 취업자를 추려내기 때문이라고들 한다. 중국 내륙의 가난한 땅에서 오직 가족의 생계를 위해 한 달이 넘게 걸리는 대장정의 불법 입국을 한 중국인들 처지에서 추방은 목숨을 잃는 것보다 더 끔찍한 일일 것이다. 언젠가 이탈리아 뉴스 채널에서 중국인 불법 입국을 단속하는 장면이 나왔다. 화물선의 밑창을 뜯자 거기 가축보다 더 가혹하게 구겨진 채로 한 떼의 중국인들이 나왔다. 그들은 오랫동안 햇빛을 못 본 듯 한 손으로 카메라의 불빛을 가리면서 파리한 얼굴로 눈을 찡그렸다. 그 장면에서 나는 우리 아버지 시절에 많았다는 일본이나 미국행 밀입국을 떠올렸다. 부산이나 마산에서 오사카로 들어가는 밀항선은 아마 그 화물선보다 더 열악했을 것이다.

중식당만 그런 것도 아니다. 이탈리아 식당 간판을 달고 여행객을 후리는 집도 어지간히 많다. 어쨌든 또다른 후배 C와 나는 시칠리아의 주도 팔레르모를 얼쩡거리고 있었다. 우리는 배가 고팠고, 중식당이든 모로코 식당이든 불개미든 속에 뭘 좀 넣어야 했다. 맥도널드는 저승길 도시락처럼 여기는 나 때문에 기어이 이탈리아 식당을 하나 찾아들었다. 역전의 식당이라니, 불행은 그렇게 시작되었다. 전 세계 어디든 역전에서 밥 먹지 말라는 건 만고불변 여행자의 법칙 아니던가. 그러나 어디나 멍청이들은 있는 법이다. 그게 그날 바로 우리였다는 게 통탄할 일이었지만. 싸구려 조끼를 입은 여드름투성이의 소년(틀림없이 주인의 막내아들놈이다)은 담배를 피워 물다 말고 주문을 받으러 왔다. 녀석의 입에서 마지막 담배연기가 풀풀 흘러나왔다. 만약 녀석이 코를 후비다 말고 왔다면 나를 향해 코딱지를 튕긴 후 "부르셨수?" 할 게 틀림없었을 만큼 싸가지 없는 태도였다. 딱 관광객용인, 그것도 이 땅에서 제일 만만한 미국인이나 일본인을 겨냥한 듯한 메뉴판은 한여름 집시 애들 볼때기처럼 찐득한 무언가가 잔뜩 묻어 있어서 만지기도 겁이 났다. 물론, 싸구려 디카로 찍은 음식 사진을 잔뜩 인쇄해넣어 한눈에도 시원찮아 보이는 메뉴판이었다. 리조토와 파스타를 시켰다. 아니나 다를까, 불과 10분도 안 돼 음식을 대령했다. 원래 리조토 쌀이 익으려면 20분이 필요하다. 찐 살로 만든다 해도 10분은 넘게 걸린다. 이탈리아에서 리조토를 미리 만들어두는 건 약간 죄악시되는 풍토가 있지만, 까짓것 팔레르모 역전의 수상한 식당에 들른 우리의 선택이 죄라면 죄일 뿐이었다. 마침 우리 자리에서 유리도 없는 창으로 주방이 훤히 보였는데, 요리사 녀석들은 요리가 아니라 뭔가 꿍꿍이짓을 하는 것처럼 보였다. 우리와 눈을 마주치자 찡긋, 윙크를 날리면서 말이다. 냉동 해물 몇 가지가 들어간 리조토의 맛은 차라리 의사소통 부재의 결과물이었던 중식당 '튀긴 밥'이 나을 것 같았다. 인공조미료 맛 때문에 혀가 아렸다. 신선한 제철 해물을 쓰지 않고 해물 리조토 맛을 제대로 내는 법은 없다. 천하의 알랭 뒤카스나 조엘 로부숑이 온다고 해도 말이다. 이탈리아 요리사 녀석들은 은근슬쩍 인공조미료를 즐겨 쓰는데, 관광지의 그렇고 그런 식당이라면 대부분 그렇다고 해도 틀린 말이 아니다. 슈퍼마켓에 진열된 갖가지 다국적 회사의 이 인공조미료는 야채나 고기, 해물 우린 성분이 섞인 사각형의 고형물로 팔린다. 우리가 '부이용'이나 '다도', '큐빅'이라는 별칭으로 부르는 그 마법의 사각 조미료를 사는 녀석이 바로 저런 녀석들이다. 손님한테 윙크나 날리면서 물에 녹인 조미료를 슬슬 리조토나 파스타에 뿌려대는.

xiii

말하자면,
이탈리안 카오스다

휴, 죄송하게도 이탈리아를 자주도 다니게 된다. 최근 몇 년 사이에만도 대여섯 번은 다녀온 것 같다. 한 친구는 "인마, 네가 명품 보따리상이냐, 셰프냐"고 타박했지만, 내가 한 번이라도 더 보고 공부한 이탈리아는 고스란히 내 음식을 먹는 손님들에게 혜택(?)이 되어 돌아간다고 믿는다. 그렇다고, 올리브 오일 대신 슬쩍 버터로 맛을 내거나(버터처럼 맛을 확실히 올려주는 양념은 드물다) 소다를 넣어 수프 재료를 폭신하게 익히는 꼼수만 배워오는 것은 아니다. 이탈리아는 얼마나 넓은지, 보고 또 봐도 매번 새로운 것투성이어서 그 방대한 재료와 요리법에 늘 고개를 끄덕이고 오게 된다. 오홋, 소 볼살을 이렇게 조리니까 기막히군, 하거나 발 고린내가 나는 블루치즈로 만드는 아이스크림 맛에 반하게 되는 것이다. 독자들께는 대단히 미안하지만, 어쨌든 당신들이 직접 그 땅에 가서 먹어보기 전에는 내 식당에서 대리 체험만으로 만족하실 수밖에 없다.

최근의 한 여행은 극히 '이탈리아적 상황'으로 시작해야 했다. 말하자면, 이탈리안 카오스다. 비행기가 밀라노 말펜사 공항에 도착하자마자 일행은 약간의 패닉에 빠져야 했다. 카메라 장비가 든 트렁크가 도착하지 않은 것이다. 그야말로 '이탈리아적'인 상황이 시작된 셈이었다. 화물 분실 신고 센터엔 어쩌면 그렇게 비슷한 상황을 겪고 있는 이들이 많은지 인기 스타 사인장을 방불케 할 만큼 길게 줄을 섰다. 당신께 충고하자면, 외국 공항에 나가면 얼마든지 이런 일이 생길 수 있다는 걸 염두에 두어야 한다. 당장 그날 밤 갈아입을 팬티와 양말은 물론, 긴급한 서류나 그밖의 중요한 사생활 필수 품목(어쩌면 치질 연고 따위를 포함하는)을 잃어버렸다고 신고해야 할 일이 생길 수 있다. 나는 어쩔 땐 이런 상황이 이해가 되지 않는데, 당신이나 나나 그렇게 중요한 물건을 이름도, 얼굴도 모르는 하역 노동자의 거친 손에 천연스럽게 맡긴다는 사실이다. 물론, 당신의 짐을 받아서 친절하게 태그를 붙이고(물론 이탈리아 국영 항공사의 직원은 절대 그러지 않겠지만), 웃으면서 5킬로그램쯤 초과된 무게는 눈감아주는 멋쟁이들밖에 보지 못했을 것이니 그런 상황을 예상하기란 쉽지 않겠다. 당신의 짐이 전자 태그를 붙이고, 마치 자궁을 찾아가는 정자들처럼 정확한 내비게이션 본능으로 몇 번의 아찔한 낙오의 위기를 넘긴 후 무사히 당신 손에 닿으리라고 믿는 근거는 무엇인지 모르겠다. "위험! 깨지는 물건 있음(fragile)"이라고 써 있는 딱지를 붙이면 정말 그들이 당신 물건을 신생아 다루듯 살살 만져줄 것이라고 믿는가?

자, A라는 하역 노동자가 당신 짐을 다루면서 동료 B에게 "어이, 깨지기 쉬운 것이니 살살 다루게"라고 할 것 같은가, 아니면 점심 메뉴에 나오는 요구르트 메이커가 바뀐 사실에 대해 토론할 것 같은가. 확실한 건, 지난번에 그런 딱지를 붙이고 짐을 부쳤건만 내 짐 속의 귀한 올리브 오일 병과 선글라스가 산산조각이 났다는 사실이다. 무참하게 깨진 오일 병에서 흘러나온 질 좋은 시칠리아산 녹색 올리브 오일은, 내 속옷과 책과 심지어 카메라를 푹 적셔 마리네이드한 것처럼 만들어놓았다. 그런 딱지를 붙이면 심술궂은 인물이 일부러 이민 가방 서너 개 밑에 넣고 깔아뭉개기야 하겠냐만(전혀 아니라고 말하지도 못한다), 그다지 효과가 없다는 것은 알아두어야 할 것 같다. 예전 같으면 이런 물건은 손에 들고 타겠지만, 요즘은 턱도 없는 일이라는 건 다들 아실 것이다. 그러니까 와이너리나 올리브 오일 농장을 돌아다니다가 그곳 친구들이 우정의 징표로 준 그 멋진 토스카나 와인이나 천국의 향기가 나는 오일이 오히려 부담스럽게 여겨지게 된다. 짐 속에 넣어 부치자니 폭삭 깨질까 두렵기 때문이다. 언젠가 나는 내 스승 쥬세페 바로네가 준 올리브 오일(서울의 이탈리아 식당에서 주는 그 멀겋고 아무 향기 없는 오일과는 비교할 수 없는)을 시칠리아의 카타니아 폰타나로사 공항에서 버리고 타야 했다. 그 오일을 졸지에 '선물'받은 공항 청소 노동자 아주머니가 얼마나 좋아하던지 나는 배가 아파 죽는 줄 알았다. 그 아주머니는 오일 병을 받아들고 "케 부오노"만 연발했다. 번역하자면 "이렇게 좋은 걸"이다.

어쨌든 우리는 짐을 부치면 그것으로 끝이다. 짐의 안전에 대해서는 운명에 맡겨야 한다는 뜻이다. 하역 공간에 들어갈 수 없으니 그 속에서 어떤 일이 일어나는지 알 수 없다. 다만 명백한 건, 내 동료는 그 분실한 짐을 일주일 후에나 찾을 수 있었다는 사실이다. 불행 중 다행이라고 해야 하나, 그 실수는 순전히 중간 기착지인 어느 중동 국가 공항의 몫이었다. 더구나 이례적으로 신속하게 '찾았다'는 점이 중요하다. 이 지구상의 항공 시스템이란 건 우리 국적기처럼 언제나 팡팡 돌아가는 건 아니라는 분명한 사실을 알아야 한다. 내 친구는 아무런 연고가 없는 튀니지의 공항에서 자신의 짐이 발견되었다는 소식을 6개월 만에 들은 적이 있으며(다행히도 냄새 나는 속옷과 양말이 그대로 실린 채로 귀환했다), 더 다행인 건 그 친구가 그 짐 속에 김치는 넣어두지 않았다는 점이다. 6개월 동안 열사의 아프리카 북부의 한 공항에서 김치가 어떤 화학적 변화를 일으키는지 예상해보는 건 자못 끔찍한 일일 테니까.

한국인의 이탈리아 여행 루트는 대개 뻔하다. 로마—폼페이와 소렌토—피렌체—밀라노—베네치아가 고작이다. 물론 그 도시들이 '고작'이라는 건 아니다. 그런 루트가 이탈리아의 에센스인 것은 확실하다. 그러나 두번째 이탈리아 여행에서도 그 루트를 답습한다거나, 다른 더 멋진 도시가 있다는 것을 몰라서 못 간다면 정말 억울하지 않을까. 그중의 대표적인 경우가 북부 이탈리아를 제대로 보지 않는 현상이다. 이탈리아의 중남부 지역은 동서로 좁은 편이지만, 북부는 아주 넓다. 왼쪽으로는 프랑스를 경계로 하고 오른쪽으로는 슬로베니아를 만난다. 밀라노는 그 중간쯤이고 오른쪽 끝엔 베네치아가 있다. 그렇다면 왼쪽은? 바로 토리노다. 아하, 2006년 동계올림픽이 열렸던 도시? 한다면 그나마 기억력이 좋은 독자다. 릴레함메르나 캘거리, 알베르빌, 나가노 같은 듣도 보도 못한 역대 개최 도시들이 즐비하지 않은가? 그런 도시 이름은 혹 들어봤어도 그게 어디 붙어 있는 곳인지 아는 분 손 좀 들어보시라. 어쨌든 그렇게 생소한 곳이 바로 토리노다. 나의 최근 여행은 이 토리노를 중심으로 한 피에몬테 지역 탐방이었다. 자, 피에몬테나 토리노를 여러분에게 이해시킬 온갖 키워드를 동원해보자. 동계올림픽(그런데 어쩌라고?) 바롤로 와인(음, 비싼 와인인 줄은 알어, 흑) 쌀(이탈리아에서 쌀도 나니?) 알프스(그건 스위스 거 아냐?)…… 피아트(아, 그건 확실히 알지. 근데 그 자동차 회사가 토리노에 있어?).

조금 부연 설명을 하자면, 피에몬테는 옛 사보이 왕국의 영토였으며 통일 이탈리아의 주축이 된 땅이다. 이탈리아가 통일된 게 불과 150여 년밖에 안 된 나라라는 점도 기억해두자. 피에몬테(토리노)는 롬바르디아(밀라노)와 함께 북부의 패권을 양분하는 지역이다. 토리노 유벤투스와 밀라노 AC밀란의 축구 더비 경기는 관중 수에 맞먹는 경찰과 안전요원이 필요할 만큼 살벌하고 치열한 전쟁이다. 그 정도로 강력한 라이벌 의식을 가지고 있으며, 밀라노의 적수가 되는 도시는 오직 토리노밖에 없다는 걸 뜻한다(로마는 수도이긴 하지만, 상대가 되지 못한다). 밀라노의 인구는 토리노의 두 배가량이지만 이탈리아 사람들은 여전히 토리노와 밀라노를 쟁쟁한 라이벌로 본다. 심지어 밀라노 대성당과 토리노 대성당은 서로 그 화려함의 극치를 겨루며 신문조차 토리노의 '라 스탐파'와 밀라노의 '코리에레 델라 세라'는 1등을 나투는 치열한 라이벌이다.

그런데 나는 밀라노는 그다지 가고 싶지 않다. 밀라노? 명품 쇼핑 거리나 간혹 치근덕거리는 대마초 판매상 말고 뭐 기억나는 게 없기 때문이다. 그러나 토리노는 도시에 들어서는 순간 압도되는 마력이 있다. 광장은 크고 널찍하며 사람들은 밀라노처럼 피트하게 쫙쫙 빼입기보다 품위를 중시한다. 진짜, 최고라는 뜻의 '클래식'이란 바로 토리노를 두고 한 말 같다. 도시는 반짝반짝 윤기가 나며 통일 이탈리아와 옛 유명 왕국의 수도다운 위엄이 있다. 사람들은 친절하고 점잖으며(간혹 당신과 서로 영어가 안 될 때 "불어 할 줄 아십니까" 하고 물어서 당혹케 하는 것 빼고는) 예의 바르다. 예의와 품위는 정말 토리노를 대표하는 낱말인 듯하다. 토리노에선 길을 물어보면 모자를 벗고 다리를 뒤로 쫙 빼면서 빅토리아 시대풍으로 인사를 올린 후 설명해줄 것 같은 도시다. 밀라노는? 천만에. 괜히 담배나 얻으러 오는, 히피 흉내 내는 여자애들한테 혼쭐이나 안 나면 다행이 아닌가.

그렇지만 사람들은 여전히 토리노는 모르고(어떻게 가는 거야?), 밀라노는 한 번쯤 들른다. 그 이유 중의 하나는 쇼핑이라고 한다. 밀라노의 유명한 명품 거리인 몬테 나폴레오네는 쇼핑족에게는 꼭 가봐야 할 성지 같은 곳이라고 한다. 그러나 토리노의 비아 로마도 이에 못지않다.

밀라노는 패션과 금융의 도시라고 한다. 반면, 토리노는 미식과 와인의 도시다. 도시 어디든 맛있는 식당이 널려 있고 시민들은 밤늦게까지 먹고 마시며 떠들고 토론하는 걸 즐긴다. 이탈리아 사람들이 미식에 예민하다는 건 새삼스러운 일이 아니지만, 토리노 사람들은 더 유별나다. 아페르티프, 즉 식전의 입맛 돋움을 의식처럼 지키는 도시가 바로 토리노다. 저녁 7시면 도시의 바는 아페르티프(이탈리아어로 아페리티보)를 하려는 사람들로 북적인다. 유명한 마티니(그러고 보니 이 술의 고향이 바로 토리노다)나 캄파리소다, 벨리니나 미모사 같은 칵테일이 바로 아페르티프인데 하다못해 맥주나 오렌지 주스라도 마시지 않으면 품위 있는 토리노 시민이 아니라고 믿는 것 같다.

우리가 카페 노르만이라고 불리는 토리노의 유서 깊은 아페르티프 바를 들렀을 때, 놀라운 광경을 목격했다. 웨이터들은 커다란 둥근 쟁반으로 연신 음식과 카테일을 날랐다. 마치 한정식처럼 가득 한 상 잘 차린 상이 먹음직스러웠다. 납작한 중동식 빵인 피아디나, 라자냐, 샌드위치 몇 가지, 볶아서 향긋한 오일과 식초에 재운 야채, 신선한 샐러드와 허브 향의 구운 고기, 익힌 햄과 과일들, 푸질리와 리조토, 수제 마요네즈로 버무린 전통 뇨키까지…… 진정 엄청난 쟁반이었다. 그걸 다 먹으면 '식전에 입맛을 돋운다'는 아페르티프를 넘어 포만의 만찬으로 넘어갈 지경이었다. 이렇게 푸짐한 모둠 요리 한 상이 불과 18유로. 물가 비싼 북부 이탈리아에선 환상적인 가격이었다. 장담컨대, 당신은 절대로 그 요리를 다 먹지 못한다. 어쨌든 토리노는 이 카페 노르만을 찾아가는 것만으로도 의미가 있다. 단 한 상으로 북부 이탈리아 요리의 정수를 맛볼 수 있는 기회를 놓친다는 건 그다지 현명해 보이지 않는다.

이탈리아를 비롯한 서양 사람들이 대체로 코스 요리를 즐기는 건 사실이다. 그러나 카페 노르만은 전통적인 유럽의 식사도 한 상 차림이었음을 보여주는 좋은 증거이기도 했다. 요리가 하나씩 서빙되는 근대식 레스토랑을 만든 건 19세기 초, 프랑스 사람 에스코피에 의해서였으니까. 토리노에 가면 정확히 2백 년 전의 서민 식사를 체험해볼 수 있는 셈이다.

이번 여행에선 다행히도 이탈리아의 시스템이나 호텔 서비스에 핏대가 오르지는 않았다. 호텔 방에 도마뱀이 돌아다니거나(솔직히 이건 불평거리가 못 된다. 도마뱀은 당신을 해치지도 않을뿐더러 해충까지 잡아먹는다), 지나치게 음식 양이 많아서 남겨야 하는 게 불만이라면 불만이었을 따름이다. 토리노는 로마처럼 질 낮은 야바위꾼들이 득실거리지 않으며, 경찰은 영어를 잘했다. 와인은 하나같이 기가 막힌 맛에 가격은 서울의 3분의 1이나 4분의 1 수준이었다. 그 덕에 노상 술에 절어 있었다는 것이 좀 그랬지만. 문제는 서울 때문이었다. 서울은 이곳에서조차 나를 괴롭혔다. 자, 그 이야기다. 나는 거리에서 싱싱한 채소 가게를 발견했고, 아스파라거스 한 묶음을 사려면 현금이 필요했다(아스파라거스를 뭐하려고? 하고 물으실 게다. 그거, 그냥 날로 과일처럼 먹으면 된다. 쌉쌀하고 고소한 맛이 있으며 몸에 엄청 좋다). 그러나 현금 지급기는 "이 카드는 사용할 수 없습니다"라고 영어와 이탈리아어로 안내해주었다. 나는 로밍되어 있는 핸드폰으로 서울의 카드사로 전화를 걸었다. 우습게도 그들은 "고객님의 카드가 위험 지역에서 사용되고 있어서 자동적으로 블로킹되었다"고 안내했다. 이탈리아는 전부 위험 지역인가. 그들은 미리 내게 알려주지 않았고, 나는 사전 예고 없이 사용을 중지시켜 결국 블로킹을 풀기 위해 장시간 전화를 걸게 만든 카드사에 책임을 물어야 했다. 한국의 카드 회사는 영악해서, 저희들에게 한 푼이라도 도움이 되는 일이라면 악착같이 전화를 걸어대지만, 고객 불만을 해결하는 데는 갑자기 꿀 먹은 벙어리가 된다.

생각건대, 이탈리아 전 지역이 모두 위험 지역은 아닐 것이다. 나는 아주 한적하고 조용하며, 범죄라고는 초딩들이 낡은 자동차를 못으로 긁는 정도밖에 일어나지 않는 시골에 있었다. 그러니 아무래도 그 현금 지급기가 놓여 있는 거리 이름이 '로마'였기 때문에 일어난 일 같다. 물론 문제의 도시 로마와는 아무 상관 없다. 그런데 문제는, 이 거리 이름 로마는 이탈리아 전역에 수천 개가 넘는다는 사실이다. 나 말고도 여행중에 로마 거리에서 뭔가를 사거나 돈을 인출하려는 많은 한국인들이 나 같은 대접을 받게 될 것이다. 정말 끔찍한 일 아닌가. 그놈의 자동 블로킹 시스템이라는 건 카드 사용지의 주소를 인식해서 반응할 터인데, 로마라는 이름이 뜨기만 하면 에누리 없이 블로킹을 걸고 있는 것이다. 그래서 어쨌든, 하우에버, 내가 블로킹을 푸느라 통화한 요금은 5만 원이었다. 아스파라거스 값의 스무배를 쓴 것이다. 그나저나 그 돈 5만 원은 누가 내야 하는 걸까. 로마 시장에게 이 사정을 설명하고 대신 내달라고 해야 하는 걸까.

피에몬테,
며느리에게도 안 가르쳐주는 비밀 장소

진심으로, 나는 한국인들이 이탈리아 관광을 제대로 할 줄 모른다고 생각한다. 이 판단엔 어느 정도 측은한 마음이 동반되어 있다. 왜 아니겠는가. 고작 로마와 피렌체, 밀라노와 베네치아를 돌고 이탈리아를 봤다고 생각하는 사람들 때문이다. 로마에서 협잡꾼에 가까운 엉터리 식당 사장에게 쓰레기 같은 음식을 바가지 쓰고 피렌체에서 미켈란젤로의 이미테이션 다비드 동상을 본 게 고작이기 때문이다. 더러 피렌체 중앙 시장에서 올리브유를 사거나 노천의 가죽 시장에서 동유럽산 가방 하나를 산다면 그나마 여행자다운 태도를 지니셨다고 하겠다. 물론 피렌체 중앙 시장에서 현지인과 뒤섞여 바에서 크루아상과 카푸치노 한 잔을 마신다면 일단 당신을 '여행가'라고 칭하는 게 정당하다고 생각한다. 그러나 멀리 시칠리아까지는 아니더라도 이탈리아 북부의 피에몬테에 들어가볼 생각을 안 한 건 심히 유감이다. 동계올림픽이 열렸던 토리노는 기억해도, 그 도시를 둘러싼 피에몬테를 아는 이들이 너무 없기 때문이다. 나는 이 지역에서 요리 학교를 다녔는데 토리노가 알려지기 전만 해도 설명하기 참 난감했다. 요새는 간단하게 "토리노 근처에 있는 학교예요"라고 말하지만(그렇지만 실제로는 무려 한 시간이나 떨어져 있다), 그 전에는 "이탈리아 북부예요"라고밖에 말할 수 없었다. 자, 앞 장에 이어 피에몬테와 토리노 이야기를 조금 더 해보자.

피에몬테는 밀라노의 서쪽으로 붙어 있는 주이며, 프랑스와 접경을 이룬다. 예상되듯이 부유하고 세련스러우며, 여유가 넘치면서 어느 정도 까칠한(부자들이 그렇듯이) 정서를 보여준다. 피에몬테에서는 '이탈리아적'으로 호들갑을 떠는 이들도 없으며, 야바위나 모별삼 같은 말들을 아주 싫어한다. 자존심과 품위를 삶의 지향점으로 생각하는 이들이 사는 곳 같다. 물론 여전히 한 시간에 두 대쯤의 자동차가 도난당하고, 소매치기가 있기는 하지만 그건 어쨌든 토리노가 대도시라는 걸 말해주는 지표일 뿐이다.

피에몬테Piemonte는 '산의 발'이라는 뜻이다. 산이란 물론 알프스다. 주도인 토리노에 가면 북쪽으로 장엄하게 펼쳐진 알프스의 준봉들을 볼 수 있다. 온난화든 뭐든 머리 꼭대기에 얼음과 눈을 이고 있는 이 산들을 멀리서 보고 있노라면, 그저 한숨이 나온다. 현실감이 들지 않는 까닭이다.

토리노에 발을 들였던 오래전의 기억이 난다. 나는 한심한 여행자였는데, 이 도시에 대해 아무것도 몰랐다. 그저 요리 학교에서 한 시간이면 닿는 곳에 있는 대도시였다. 건물들이 우람하고, 도시가 질서정연하면서도 위엄이 서려 있다는 느낌을 받았다. 그도 그럴 것이 토리노는 1861년 이탈리아가 통일되었을 때, 첫번째 수도였다. 그 전에는 19세기 후반 중부 유럽의 강자였던 사보이 왕국의 수도이기도 했다. 사보이라면 우선 호텔을 떠올리게 되는데, 맞다. 그 사보이Savoy와 철자가 같다. 나는 그 호텔 체인에 대해 전혀 모르지만, 유럽에서 사보이 호텔은 최고급 호텔의 대명사다. '사보이 = 럭셔리와 전통'이라는 이미지를 가지고 있다. 과문하지만, 이런 이미지는 사보이 왕국과 관련이 있을 것이다. 그리고 토리노에 가면 그 우아한 도시의 품격을 조금은 알게 된다. 나같이 스쳐 지나가는 여행자라도 말이다.

토리노는 우선 자동차 회사 피아트를 생각나게 한다. 피아트가 바로 이 도시에 있다. 그렇다고 울산 같은 자동차 공업 도시라고 생각하면 오산이다. 피아트는 도시 외곽에 있고, 토리노는 공업 도시라고 불리기를 거부하는 조금은 거만하리만치 아름답고 콧대 높은 도시니까. 여담인데, 피아트에 어떤 거창한 의미가 있을 거라고 생각했던 나는 그 뜻을 알고 허탈하게 웃었다. 피아트FIAT는 그냥 '이탈리아 자동차 공업 회사Fabbrica Italiana Automobili Torino'의 준말에 지나지 않는다. 하긴, 우리가 아는 BMW는 '바이에른 엔진 제작소Bayerische Motoren Werke'가 아닌가. 또 구찌나 돌체 앤 가바나, 페라가모와 제냐도 그냥 창업자의 성씨일 뿐이다. 그런데 한국에는 왜 이리도 성씨를 붙인 멋진 회사 이름이 적은지 고개를 갸웃거린 적이 있다. 과거에 그런 이름이 없었던 것은 아니다. 예를 들면 두산그룹의 전신이 박승직 상점이었다는데(물론 박승직은 창업자다), 나는 그렇게 신뢰감 있고 기억에 오래 남는 이름이 왜 지금도 쓰이지 않는지 의문이다. 개인보다 집단을 앞세우기 시작한 한국의 현대 정치 역사 때문은 아닐까, 혼자 그렇게 생각할 따름이다.

토리노에서 지중해를 굽어보며 중남부 방향으로 쭉 내려오면 피에몬테의 보석, 알바 지역이 나타난다. 사람들은 알바라는 도시 이름보다 이 일대 근처를 통틀어서 오랜 지명인 랑게라고 부르기 좋아한다. 알바가 왜 보석이냐고 묻는다면 얘기할 게 많지만, 우선 기막힌 드라이브 코스 때문이다(물론 이건 관광객의 처지에서나 그럴 것이다). 토스카나의 피렌체—시에나 사이의 아름다운 '와인 스트리트'와 맞먹는 기막힌 경치를 보여준다. 낮고 구불구불한 구릉이 끝없이 이어져 있고, 푸르거나 농익어 갈색을 띠는 포도밭과 점점이 박힌 농가의 정경이 눈에 들어온다. 나의 요리 학교 스승이었던 피에트로는 이 모습을 보여주며 내게 자랑스럽게 외쳤다.

"케 벨 파노라마!"

그러니까, '오메 멋있는 거!'라는 상찬이었다. 당신이 직접 신혼여행을 와서, 자동차를 빌려 이 길을 한번 달려보시길 권한다. 남부 아말피가 훌륭하긴 하지만, 거기는 구불구불한 절벽길을 마주 오는 대형 트럭 기사가 졸지 않는가 감시해야 한다는 부담이 있다.

이 알바 지역의 포도밭에서는 세계 최고의 와인인 바롤로와 바르바레스코가 나온다. 네비올로라는 품종 백 퍼센트를 써서 만드는 이 와인은 힘차면서도 섬세하고 우아하면서도 섹시한 이중성을 적나라하게 보여준다. 만약 당신이 이탈리아 바깥에서 피에몬테 사람을 만났다면 바롤로 얘기를 꺼내보시라. 그가 얼마나 자랑스러워하며 으쓱거리는가를 확인할 수 있다. 물론 한국에도 수입되는 와인이다. 레스토랑에서라면 적어도 15만 원은 내야 한 병을 맛볼 수 있는데, 장담컨대 카베르네 소비뇽이 와인의 전부라고 생각하셨던 분들에게 충격을 던져줄 것이다.

피에몬테의 구릉은 바롤로를 만들어내고, 깊은 산은 천하의 걸작 버섯인 트러플을 잉태한다. 한국에서도 미식 좀 하는 분들은 알고 있는 그것이다. 흔히 세계 3대 식재료로 푸아그라와 카비아, 트러플을 꼽는다. 기실, 푸아그라는 여기에 끼는 게 좀 그렇다. 값도 싼 편이고, 기름기가 가득한 간 한 조각의 맛이래봐야 예상하는 것을 크게 벗어나지 않기 때문이다. 그러나 트러플이라면 달라진다. 트러플은 우리말로 송로버섯이라고 번역되는데, 썩 적확한 것 같지는 않다. 송로, 즉 松露란 소나무 밑에서 이슬을 맞으며 자란다는 뜻이렸다. 그러나 피에몬테의 산에서 자라는 송로는 주로 떡갈나무나 개암나무헤이즐넛 숲에서 많이 발견되는 까닭이다. 송이가 귀한 건 재배가 되지 않기 때문인데, 트러플 역시 그렇다. 그래서 트러플이 나는 곳은 송이가 나는 곳처럼 '며느리에게도 안 가르쳐주는' 비밀 장소다. 그까짓 버섯이 비싸고 귀해봤자지 하지 마시라. 트러플은 화이트와 블랙 두 가지가 있는데 화이트 중에서 큰 것은 킬로그램에 수천만 원을 넘는 것도 있다. 조지 클루니가 대리인을 내세워 최고가품을 사가는 것으로도 유명하다.

10월이 되면 알바의 트러플 시장은 흥청대기 시작한다. 전 세계의 미식가들이 오직 화이트 트러플을 맛보러 이 작은 도시로 몰려온다. 식당들은 무조건 트러플 요리를 낸다. 정말이다. 마치 한국 서해안의 어촌에서 주꾸미나 굴, 새우 축제를 하면 모든 요리가 그런 재료로만 이루어져 있듯이. 15유로짜리 파스타에 트러플을 뿌려 30유로가 된다. 물론 그만한 값을 치를 가치가 있다. 트러플은 요리 재료라기보다 일종의 향신료다. 기존의 요리에 이 버섯을 살살 갈거나 얇게 슬라이스해서 얹는 것만으로도 천하의 일미가 된다. 마치 지극히 평범한 달걀 요리에 카비아가 올라가면 초고가 요리가 되는 것과 같은 이치다. 그냥 치즈에 버무린 탈리아텔레에 트러플 한 조각을 올리는 것만으로도 명품 요리가 된다. 이 시절의 피에몬테 요리사라면 나도 할 수 있을 것 같다. 대충 만든 요리에 오직 트러플을 올리면 된다는 게 결코 과장이 아니다. 트러플의 향은 모든 엉터리 요리를 감싸 안을 만큼 놀라운 위력을 가지고 있다. 그래서? 그게 어떤 맛인데? 하고 캐묻지 마시라. 아아, 내가 어떻게 트러플을 필설로 형용할 수 있으랴. 그저 김병만 식으로 말하면 "먹어봤어요? 안 먹어봤으면 말을 하지 마세요"다. 누구는 송이버섯 같은 맛이냐고 하는데, 그렇지는 않다. 뭐랄까, 이건 동물의 생식선에서 나오는 냄새 같다. 사향노루의 사향 주머니가 이런 냄새일까, 나 혼자 추측해볼 뿐이다. 피에몬테제piemontese, 즉 피에몬테 사람인 내 친구 마테오의 표현에 의하면 "사람을 겸손하게 만드는 맛"이란다. 입에 넣으면 그 놀라움에 입을 닫고 아무 말도 할 수 없으니, 마치 겸손해지는 것 같다고 해서 그렇게 묘사한 모양이다. 한국에서도 가끔 트러플을 파는 식당이 있고, 트러플 향을 첨

가한 오일도 고급 외국 식품점이나 인터넷에서 살 수 있으니 한번 도전해보시도록. 다만, 그것이 피에몬테의 맛이라고 생각하시면 곤란하다. 트러플 향 오일은 절대 '겸손해지는' 맛은 아니니까.

피에몬테제인 마테오의 할아버지가 트러플을 캐는 현장에 가본 건 2002년의 일이었다. 마테오는 내게 꽤 으쓱거렸는데, 아무나 트러플 사냥에 동행시켜주지 않는다는 점 때문이었다. 그렇다. '며느리도 모르는' 가문의 비밀 방문처에 외지인이 참여한다는 건 쉬운 일이 아닐 것이다. 마테오의 할아버지에게 물어보지는 않았지만 아마도 내가 한국인이라는 점이 작용한 듯했다. 다시 말해서, 몰래 이 장소에 잠입해서 트러플을 캘 위인이 아니라는 뜻이다. 나는 여행자였고, 더구나 한국인이 트러플이 우글거리는 산에 몰래 나타나는 건 상상도 할 수 없는 일이니까. 트러플이 나는 산에서는 괜히 어슬렁거리다가 총이라도 맞지 말라는 법이 없다. 실제로 가을이 깊으면 이탈리아 곳곳의 산악 지역에는 사냥꾼이 출몰한다. 피에몬테도 예외가 아니어서 길을 가다보면 종종 '사냥 금지'라는 푯말이 보인다. 금지한다는 건 그만큼 많이 이들이 총을 둘러메고 사냥을 한다는 뜻이다. 이탈리아에는 새나 산토끼, 멧돼지가 흔해서 사냥한 고기만 파는 전문 식당이 있을 정도다.

마테오의 할아버지는 개 한 마리를 데리고 나타났다. 포인터 품종이라는데, 사냥개라는 말을 듣고 상상했던 개의 위엄 따위는 없었다. 검정색의 반점이 박힌 흰색 털을 가진 이 녀석은 마치 집을 잃고 떠돌다가 남의 집 댓돌에 깃든 것처럼 볼품이 없었다. 덩치는 너무도 작아서 내 팔뚝 길이도 안 되어 보였고, 슬프게도 병든 개의 상징인 눈곱을 덕지덕지 붙이고 있었다. 마테오 할아버지는 그런 개를 내게 자랑하기 바빴다.

"이게 이래 봬도 족보 있는 사냥개라고, 게다가 타르투포트러플의 이탈리아어라면 기막히지. 녀석이 찾아낸 자리는 틀림없다고."

트러플을 찾는 개는 특유의 후각이 제일 중요하다. 못생기고 볼품없이 작은 체구라도 오직 트러플을 잘 찾기만 하면 명성을 얻는다. 아니, 명성뿐 아니라 막대한 트레이드머니를 챙길 수도 있다. 최고로 뛰어난 녀석들은 서너 살짜리 몸값이 1만 유로를 넘는다고 한다. 물론, 녀석들이 그 값이상의 트러플을 찾아내기 때문이다. 특히 비가 넉넉하게 내린 해에는 트러플이 엄청나게 많이 나오는데, 잘만 찾으면 주인에게 떼돈을 바칠 수도 있다.

우리는 안개가 낀 산기슭을 천천히 걸어올라갔다. 낙엽이 잘 삭은 듯한 구수한 흙냄새가 가득했다. 신비로운 안개에 시야가 좁아졌지만 공기는 더욱 농밀해져서 마치 트러플 냄새가 나는 듯했다. 낡은 가죽 조끼에 사냥화를 신고, 발목에 각반을 찬 할아버지는 개를 앞세워 나무가 우거지고 햇빛이 들지 않을 듯한 언덕을 뒤졌다. 마테오는 "트러플은 난 곳에서 난다"고 말했다. 다시 말해서 매년 나오는 장소가 비슷하다는 뜻이다. 송이버섯이 그렇듯이, 야생버섯의 일반적인 특징인가보다. 갑자기 개가 쏜살같이 어느 개암나무 밑의 낙엽으로 달려갔다. 그리고 킁킁거려 냄새를 맡지도 않고 낙엽이 축축하게 젖어 있는 부엽토를 뒤졌다. 금세 황갈색의 작은 돌덩이 같은 것을 발견했다. 할아버지는 '심봤다'고 외치는 대신, 개에게 먹을 것을 주어 포상했다. 그리고 버섯을 살살 꺼내어 붓으로 대충 턴 다음 낡고 작은 버섯 주머니에 넣었다. 겨우 참치 눈알만한 작은 것이었다. 보통 트러플의 크기는 직경이 3~5센티미터 정도다. 간혹 어른 주먹만한 것이 걸리면 횡재다. 클수록 무게 이상의 부가가치가 붙기 때문이다. 그날 우리는 횡재를 하지는 못했지만, 일고여덟 개의 트러플을 캤다. 할아버지는 집에 돌아와 선심 쓰듯 두 개의 트러플로 요리를 만들었다. 아니, 요리랄 것도 없었다. 그저 버터로 달걀 프라이를 만들고, 작은 대패에 저민 트러플을 얹었을 뿐이었다. 원래 최고의 재료는 조리법이 단순할수록 빛나는 법이다. 요리는 트러플을 캐는 것으로 이미 80퍼센트쯤 진행된 셈이었다.

트러플은 오래도록 그 향을 지니지 않는다. 수확 후 보름이 지나면 좋은 향기를 대부분 잃는다. 마치 송이버섯처럼. 그래서 수확하자마자 가급적 빨리 소비하는 게 이익이다. 트러플의 고향, 알바의 식당들이 유독 수확 철에 심하게 붐비는 것도 그런 까닭이다. 값이 비싸니 가짜도 흔하다. 블랙 트러플도 그렇지만, 화이트의 경우 블랙의 서너 배가 넘으니 가짜도 더 기승을 부린다. 멀리 동유럽이나 이탈리아 다른 지역에서 캐낸 트러플이 피에몬테산으로 둔갑하기도 한다. 마테오의 할아버지가 인상을 찌푸리며 말했다.

"가짜는 향이 없어. 생긴 건 그럴듯하지. 그런 걸 사서 진짜 피에몬테산과 섞어 종이로 감싼 후 찬장에 두면 가짜에도 향이 배지. 그렇게 만든 가짜는 금세 향이 사라져. 입에 넣는 순간 마술처럼 사라지지."

가짜 트러플은 대부분 미국인과 일본인 관광객의 몫이다. 오직 트러플을 먹겠다고 가을에 피에몬테에 찾아오는 일본인이 있다는 건 놀라운 일인데, 그들이 가짜의 향연을 즐긴다는 건 어째 슬프다.

아아, 왜 나는 이런 원고를 쓰고 있는가. 트러플의 향이 감돌아 혀 깊은 곳에 침이 고인다. 며칠 전, 내 식당을 방문한 오래된 친구이자 피에몬테 와이너리 주인인 라파엘라(그녀가 만드는 모스카토 다스티는 한국에서 베스트셀러다)가 이렇게 중얼거린 건 내게 아예 불까지 질렀다.

"찬일, 트러플 같은 거 말고 소박한 파스타를 줘. 여기 오기 전까지 질리게 먹었거든."

넌 뭐냐.

네 손님!
주문하신 '포르노' 나왔습니다

언젠가 이탈리아 사람들의 그 지독하고도 광적인 제스처에 대해 꽤 난해하면서 열정적으로 얘기한 적이 있다. 이를테면, 운전석에 앉아 휴대전화로 누군가에게 전화하며 동시에 뒷좌석에 앉은 사람에게 '두 손'으로 제스처를 해야 직성이 풀리는 상황 같은 것 말이다. 아니, 그게 어떻게 가능하냐고 묻지 말라. 내가 본 것이 유령이 아닌 바에는 분명한 사실이었으니까.

자, 그걸 좀 길게 묘사해보자. 우선 왼손으로 핸들을 가끔씩 조정해준다(중앙선을 넘어 미친 듯이 달려오는 트럭이 없다면 그다지 필요한 동작은 아니다). 오른손으로 가끔씩 기어를 변속해준다(이탈리아에 오토매틱이란 없다!). 핸드폰은 손으로 잡기 힘드니 턱으로 괴고 통화한다(이거, 생각보다 어렵지는 않다. 당신도 새벽 7번 국도나 자유로 같은 곳에서 도전해보시라. 기왕이면 디엠비도 틀어놓고). 그리고 뒷자리에 앉은 동행을 가끔씩 돌아보며 핸들과 기어로부터 자유로운 두 손을 맞붙이고 앞뒤로 흔들어준다(플리즈,라는 뜻인데 이탈리아인들이 아주 많이 쓰는 제스처다).

피에몬테를 여행하며, 운이 좋다면 이 동작을 찍어올 수도 있으리라 생각했었다. 그러나 불행히도 나를 태우고 다닌 기사 아저씨인 마르코는 매우 유순해서 난폭 운전이나 두 손 놓고 자전거 타기, 아니, 자동차 몰기 같은 곡예엔 도전하지 않았다. 그가 무려 피에몬테 주에 소속된 공무원이기 때문에 그랬을 수도 있고, 원래 성격 때문일 수도 있겠다. 난 그처럼 말을 느리게 하는 이탈리아인은 처음 보았다.

그렇게 어찌어찌 동네를 돌아다니다가 제스처에 열정적

인 이탈리아 아저씨 사진 한 장은 찍어올 수 있었다. 어쨌든 그게 오직 발로만 차를 모는 묘기를 부리는 이탈리아인 고유의 사진이 아니어서 심히 유감이긴 하다.

이탈리아를 여행한다는 건, 빵과 하루를 보낸다는 뜻이기도 하다. 쌀을 먹기는 하지만, 이탈리아 사람들은 거의 빵과 파스타를 먹는다. 빵이 한국의 요리가 된 게 언제부터인지 나는 모른다. 그렇지만, 어머니 어린 시절에도 빵이 있었다고 하니 일제 강점기부터 빵은 우리 곁에서 음식 노릇을 하고 있었을 거다. 빵이란 낱말이 포르투갈어의 '파오pão'에서 왔고, 불어로도 비슷하게 '팡pain'이며 이탈리아어로도 다르지 않아 '파네pane'인데, 그런 어원을 떠나 이미 우리말이 되어버렸다.

빵이 외래어라는 사실을 모르는 초등학생도 꽤 많으리라. 빵이 밥을 대체하게 된 건 어제오늘의 일이 아니다. 여전히 달콤한 빵이 인기를 끌지만, 유럽식의 거칠고 곡물 느낌을 살린 무덤덤한 빵도 꽤 널리 퍼지고 있다. 최근에 홍대 앞에 갔더니 아예 전통 유럽 스타일 빵만 파는 전형적인 유럽식 빵집이 성업하고 있었다. 슈크림과 단팥, 소보루가 아닌 빵을 파는 집에 줄을 서다니! 나는 좀 충격을 받았지만, 하긴 카르보나라가 먹고 싶어서 새벽에 깨어났다는 여자애들이 있는 판에 그다지 새로운 사건도 아닐지 모른다(나는 라면이나 소주가 먹고 싶어서 그런 적은 있어도 카르보나라라니, 이건 도저히 이해할 수 없다. 그걸 만들어 팔고 있는 사람이지만서도).

이탈리아의 빵은 프랑스나 독일보다 좀 덜 발달한 느낌이다. 구색도 적고 맛도 더 투박하다. 그건 아마도 파스타를 먹는 문화 때문이 아닌가 생각이 된다. 파스타로 곡물을 섭취할 수 있으므로 굳이 빵에 신경을 쓸 필요는 없었으리라 유추해보는 것이다. 이탈리아 사람들은 빵으로 아침을 시작한다. 카푸치노와 크루아상이나 브리오슈를 먹는다. 하루 중에 달콤한 빵을 먹는 유일한 시간이다. 이 시간 말고는 빵에 버터를 바르거나 달콤하게 만든 빵을 먹는 일은 이탈리아 사람들에게 일어나지 않는다. 그렇게 간단히 때운 아침이 헛헛하니 11시 정도가 되면 우리에게도 잘 알려진 파니니를 한 개 먹는다. 그러고는 점심에 파스타, 저녁에 다시 파스타를 먹는 게 그들의 식습관이다. 파스타를 먹을 때는 보통 건조한 맛의 빵을 곁들인다. 파스타의 맛이 중요하기 때문에 빵은 가급적이면 '건조하고 무미한' 맛을 낸다. 심지어 토스카나 같은 데는 소금을 아예 치지 않은 무염 빵을 곁들인다. 그러니까, 빵은 주인공이 아니라 어디까지나 소리 없이 주연을 보조하는 존재라는 의미일 것이다.

튀지 말아야 할 존재가 튀면 '판'이 깨진다. 비서는 소리 없이 CEO나 대표를 보좌하는 것이지 그들이 나서는 순간, 조직이 망가진다. 이영표가 수비 대신 골을 넣겠다고 센터포워드로 나섰다면 16강은 없었을 것이라는 얘기다(근데 이게 뭔 소리냐). 여하튼, 이탈리아에서 파스타가 맛없다고 셰프를 불러낼 수는 있을지언정, 빵 맛을 두고 인상을 쓰지는 말라는 얘기다. 빵뿐만 아니다. 내가 하도 고래고래 소리를 지르니, 이젠 아시는 분들이 꽤 는 저간의 사정이 있다. 카르보나라에는 크림소스가 없다거나 이탈리아에 피클은 없다는 따위의, 그다지 중요하지도 않은 옆구리 논설 말이다.

덧붙이자면, 발사믹 오일 같은 것도 없다. 크리스티나를 불러 물어보시라.

"네, 마짜요. 이탈리아에는 그런 거, 빵 찍어 먹는 거 없쩌요. 우리 씨어머니가 찐짜로 그걸 쪼아해도 난 씨러요."

뭐, 이럴 것 같다. 발사믹 말고 그냥 올리브 오일만 찍어 먹는 경우도 아주 드물다. 아주 좋은 오일이 생겼다거나 몇몇 사람들의 특별한 취미가 아닌 바에는 말이다. 간장에 밥 찍어 먹는 일이 드문 것처럼. 한 가지 더. 발사믹은 주로 이탈리아 북부의 식초다. 파바로티의 고향인 모데나 지역에서 나오는 식초로 그 지역을 포함한 북부 지역에서 주로 즐긴다. 남부에서 발사믹은 아주 별난 식초 대접을 받는다. 지천으로 널린 레몬과 화이트 와인 식초를 많이 쓰지, 그 진득하고 비싼 발사믹을 굳이 쓰는 경우는 별로 없다. 전라남도에서 가자미식해를 즐기지 않는 것과 비슷하다고나 할까.

이탈리아에서 요리 이름을 읽어서 요리법을 유추해보는 건 참 어렵다. 우선 이탈리아어를 잘 모르니, 읽어도 무슨 뜻인지 짐작이 안 된다. 영어 병기가 된 식당도 있지 않냐고? 단언컨대, 그런 식당이 맛있는 경우는 동양인 여자를 보고 껄떡거리지 않는 이탈리아 남자를 만날 확률보다도 낮다. 게다가 지역별로 요리가 워낙 다양해서 이탈리아 요리를 좀 한다고 하는 나조차 이탈리아 구석의 식당에 가면 이게 뭔 소리인지 한참 헤매곤 한다. 사투리에 요란한 토속 식재료 이름을 줄줄이 나열하는 메뉴판 때문이다.

사실, 서양 요리는 전형적인 요리 외에는 주 재료와 보조 재료, 요리법을 모두 요리 이름에 넣는 게 보통이다. 당신이 언젠가 꼭 가보고 포스팅하리라 마음먹고 있는 에드워드 권 식당의 메뉴 이름을 보실까. "팬에 구운 연어와 아이다호 감자, 버터에 익힌 크레이피시 그리고 바인 토마토 쿨리스……" 뭔 말인지 아실지 모르겠다. 솔직히 나 역시 연어와 감자, 피시, 토마토 따위의 재료 외에는 귀에 잘 들어오지 않는다. 여기다가 들어가는 올리브 오일과 소금의 원산지, 허브의 이름을 촘촘히 적어넣기도 한다. 대체로 비쌀수록 요리 이름의 길이와 비례하곤 한다. 한 끼에 3백 유로 이상 하는 미슐랭 별 셋짜리 식당의 셰프 테이스팅 메뉴는 보통 스무 가지 이상의 요리가 나오는데, 이렇게 되면 요리 이름만으로 우리 딸내미 알림장 공책을 가득 채우고도 남을 것 같다.

요리 이름이 길고 자세한 게 절대 나쁜 건 아니다. 요리에 대한 더 많은 정보를 알려주는 게 문제가 될 리 없다. 그렇지만 나도 그렇게 줄줄이 길게 쓰면서도 알고 보면 뭐 별게 아닌 재료와 요리법을 이렇게 나열한다는 게 때로는 맛보다 겉멋을 먼저 들이는 것 같은 기분이 들기도 한다. 그냥 동해해물탕이라고 하면 될 것을 "울릉도 동남쪽…… 오징어 꼴뚜기 대구 명태(한 박자 쉬고)를 넣고 연어 알 물새알에 해녀 대합실에서 익힌 부드러운 크림과 해초를 곁들인……"이라고 하는 것 같아서 하는 얘기다.

현대의 셰프가 제주 올레길처럼 길고도 길게 요리 이름을 쓰는 것과는 달리, 전통 요리 이름은 매우 함축적이다. 이건 서양이나 한국이나 매한가지다. 요리 이름에 역사와 전통이 담기기도 하고, 속간의 소소한 사연이 실리기도 한다. 피에몬테의 들판을 달리다가 안내인이 "저기가 바로 마렌고 들판이에요" 했을 때 나는 꽤 감회에 빠졌었다. 마렌고는 그 유명한 나폴레옹의 요리 '폴로 알라 마렌고Pollo alla Marengo'가 탄생하게 된 배경이기 때문이다. 나폴레옹은 오랜 전투를 치르면서 입맛을 잃었고, 이를 본 시종 요리사가 대충 재료를 그러모아 요리를 해 바쳤다. 닭고기와 새우, 와인 정도가 고작이어서 황제가 먹기에는 그다지 고급한 요리가 아니었다. 그러나 지치고 배고팠던 나폴레옹은 그

닭 요리를 맛있게 먹었고, 요리 이름을 물었다. '족보'에 없는 요리인지라, 즉석에서 작명이 이루어졌다. 폴로 알라 마렌고. 폴로는 닭고기이고 알라는 요리 이름에 붙이는 관용어구로 '~풍의' 정도로 해석된다. 마렌고는 물론 그 벌판의 지명이었다. 이 요리는 그 후 줄곧 살아남아 현대에도 계승되고 있다. 피에몬테는 프랑스 접경 지역으로 나폴레옹과 관련된 흔적이 많은 땅이다.

그런데, 이 일화는 조선의 임금 선조의 도루묵 작명 설화와 닮아 있다. 유명인이 전쟁터나 피난지에서 수수한 지역 음식을 먹고 요리에 작명을 해준다는 설정이 그렇다. 다른 점이란 나폴레옹은 나중에도 이 요리를 좋아했고, 도루묵은 맛이 없어서 '도루 물러라'고 했다는 설이다. 그렇다면 선조가 훨씬 더 미식가였던 셈인가. 나폴레옹이 그다지 미식가가 아니었다는 기록은 꽤 많다고 하니, 틀린 추론도 아닐 듯싶다.

전통 이탈리아 요리 가운데 웃기고 재밌는 이름을 가진 것이 꽤 있다. 마치 한국의 헛제삿밥이나 설렁탕처럼(본문에 있는 사진 속에서 찾아보시라). 여자가 입에 물고(?) 있는 빵이 바로 유명한 '시어머니의 혀lingua di suocera'라는 걸작이다. 여행의 안내인이었던 카를라가 기꺼이 모델이 되어주었다. 혀치고는 몹시 크고 과장된 느낌인데, 그것이 이 빵 이름에 담긴 풍자다. 시어머니란 잔소리가 많으니 혀가 크고 과장되게 묘사된 것이다. 서양에선 고부 갈등이 없다고 하는데, 그렇지도 않은 모양이다. 한국에선 상상도 할 수 없는 고부 간의 사이좋은 맞담배질을 자주 보아서 당연히 '사이가 얼마나 좋으면 저럴까' 싶었던 나로서는 그네들의 숨은 정서를 그 빵 이름을 통해 알게 되기도 하였다. 이 시어머니의 혀, 링구아 디 수오체라 빵은 그다지 별난 맛은 없다. 토마토소스를 얹지 않은 피자에 가까운 맛이다. 바삭하고 덤덤한데, 생각해보면 이 빵을 잘근잘근 바삭바삭 씹으며 며느리들이 시어머니에 대한 화를 삭여내지 않았을까 싶기도 하다. 다듬이질이나 빨랫방망이질을 하며 스트레스를 풀었던 우리네 옛 며느리들처럼 말이다.

요리 이름 얘기가 나왔으니 말인데, 이탈리아 요리를 잘못 읽으면 아주 우스운 상황이 되기도 한다. 이탈리아 친구와 한국에 있는 한 이탈리아 식당에 갔다. 우리는 '알 뽀르노al forno'라는 요리를 주문했다. 파스타를 뚝배기에 담아 오븐에 쪄내는 요리였는데, '뽀'와 '포'는 상당히 다른 발음인데도 한국인 특유의 혼동(P와 F, B와 V)을 그대로 보여주고 있었다. 포르노는 문자 그대로 어느 스팸 메일의 제목처럼 '당신이 생각하고 있는 거 그거 맞구요'이고, 뽀르노는 오븐이라는 뜻이다. 메뉴에만 잘못 써놓았으면 내 이탈리아 친구가 알 리 없으니 그냥 넘어갈 수 있는 상황이었는데, 담당 서버가 아주 초를 쳤다.

"네, 손님! 주문하신 '포르노' 나왔습니닷!(1번 손님은 망사 스타킹 변태 볶음이 나왔구요, 2번 손님에게는 격정의 누드 튀김과 유혹의 과외 선생님 찜이 나왔습니다!)"

틀린 말도 아니었다. 오징어와 낙지, 조개가 모두 벗고 들어앉은 해물탕면이 나왔으니까. 내 친구는 실소와 함께 지상에서 가장 야한 음식이라며 다 먹고 나서는 팔뚝을 불끈, 세워 보였다. 나는 영어 선생님들이 그토록 강조하셨던 P와 F의 발음 차이에 대해 건성건성 듣고 말았던 학생이 나뿐만은 아니구나, 그렇게 인정할 수밖에 없었다.

xvi

토스카나,
그 '지방'의 샘에 풍덩 빠져보시라

아마도, 한국인과 이탈리아인의 공통점 가운데 하나는 '지방 사랑'인 것 같다. 그렇다. 팻fat, 우리가 경배와 증오를 교대로 바치는 그 기름 덩어리, 비계다. 우리의 삼겹살 사랑은 상상 이상이다. 오죽하면 유럽과 미국, 칠레, 멕시코 할 것 없이 돼지를 기르는 나라들은 하나같이 한국에 삼겹살을 팔아치우려고 통상 문제까지 일으킬 지경일까? 언젠가 유럽의 대국에서 대규모의 삼겹살 판매단(?), 좀 점잖게 말해서 홍보 사절을 파견한 적이 있었다. 나도 초청을 받아 한 호텔의 대규모 연회실에 갔었는데, 하여튼 삼겹살은 기억이 안 나고 홍보 사절 격인 '돼지고기 아가씨'의 미모만 생각난다. 이젠 미모의 아가씨까지 뽑아 한국에 삼겹살을 팔기 위해 보내는 거다.

그럴 만도 한 게, 서양에서는 삼겹살이 좀 애물단지다(서양만 그런 게 아니라 일본이나 중국도 마찬가지다). 베이컨을 만들고, 이탈리아식 생삼겹살 소금 절임, 즉 판체타를 만들고 난리를 쳐도 남는 게 삼겹살이다. 게다가 값도 X값이다. 그러니 한국이 그걸 비싸게 사준다는 사실에 얼마나 감격하고도 남을 것인가. 삼겹살 아가씨 정도가 아니라 홍보 군단이 몰려와도 이상한 일이 아닌 것이다.

우리는 기름에 대해 좀 이율배반적인 애증을 보낸다. 서양에선 처치 곤란인 삼겹살을 그렇게 사랑하는가 하면, 지방은 다이어트와 국민 건강의 적으로 치부된다. 그런데 삼겹살은 곧 지방이자 기름 아닌가. 기름을 먹으면서 기름을 증오하는 묘한 생활, 물론 나도 그 대열에 서 있긴 하지만.

이탈리아인들도 우리만큼은 아니지만 지방에 대한 경계심에 빠져 있다. 엄밀히 따지면 동물성 지방이 그 대상이다. 그러면서도 여전히 전통 음식은 동물성 지방이 빠지면 곤란하다. 아니, 프로슈토와 판체타, 살라미에 지방이 빠진 이탈리아 음식이 무슨 맛이겠는가. 그 하얀색 비계는 마약 같은 추파를 던진다. 한번 그 소금에 절인 지방에 맛들이면 헤어날 수 없다. 빌 버포드가 『앗 뜨거워』에서 토스카나의 푸주한 다리오 체키니의 가게 정경을 묘사한 장면은 정말 그네들의 지방 사랑의 결정판을 보여준다. 지옥의 클래식이 울려퍼지는 가운데 순수한 소금 절임 돼지 지방인 라르도lardo를 먹는 일군의 이탈리아인들이 나온다. 마치 좀비처럼 라르도의 달고 짜며, 발효된 감칠맛에 미칠 듯이 매달리는 모습은 그야말로 한 편의 광시곡이다. 빌이 좀 소설적으로 각색했겠지만, 틀린 묘사는 절대 아니다. 여러분이라면 딱딱한 시골 빵에 오직 라르도(프로슈토와는 또다른, 엷고 가느다란 분홍색의 살점이 아주 약간 있을 수도 있지만 대부분은 그냥 소금에 푹 절인 투명한 흰색의 생기름 덩어리다)를 넣어서 즐겁게 먹을 수 있겠는가. 순수하게 기름과 소금이 만나 만드는 절정의 '제3의 맛'이라고 할 수밖에 없는 그 맛은 중독성이 강하다.

토스카나는 언제나 이탈리아 최고의 여행지다. 심지어

외국인들은 '토스카나=이탈리아'라고 생각한다. 한국인들도 그럴 것이다. 음식조차 토스카나를 표방한다. 한국의 많은 이탈리아 레스토랑이 토스카나식이라고 말한다. 미디어의 기자들은 새로 생긴 이탈리아 식당을 다녀오면 꼭 이렇게 쓴다.

"마치 토스카나 시골의 서민 식당을 그대로 옮겨놓은 듯한 인테리어가 인상적이다. 음식은 토스카나식을 기본으로……"

인테리어는 비슷하게 해놓았을지 모르지만, 유감스럽게도 그 어떤 식당도 음식은 토스카나와는 아무 상관도 없다. 도대체 코테키노와 살라미, 라르도와 야생 버섯, 진짜 올리브가 없는 식당을 토스카나풍이라고 하는 근거가 뭔지 모르겠다.

토스카나 음식은 한마디로 정의하기 어렵다. 토스카나가 넓기도 넓은데다가 산과 들, 바다를 끼고 있는 지역이 각기 다르기 때문이다. 그렇지만 '지방'은 토스카나 안에서 다 수렴된다. 소금에 절여서 그대로 썰어 먹는 라르도, 그걸 녹여서 정제한 스트루토strutto, 쇼트닝를 먹을 줄 안다면 당신은 토스카나 사람이 될 준비가 된 것이다. 라르도는 그렇다 치고 스트루토는 또 뭐냔 말인가.

토스카나의 와인 산지는 상상도 못하게 넓고 다양하다. 어마어마한 값의 슈퍼 투스칸이 나오는 서부 해안 지대의 볼게리와 마렘마, 그 오른쪽으로 몬탈치노, 다시 그 오른쪽으로 가면 몬테풀치아노, 거기에 너무도 유명한 키안티까지 토스카나 곳곳에 최고의 포도밭이 펼쳐져 있다. 그렇지만 이렇게 글로 동네 이름을 늘어놓아봐야 소용없다는 건 나도 잘 안다. 보스니아헤르체고비나, 슬로베니아, 마케도니아, 크로아티아…… 이런 나라들이 도대체 어떻게 붙어 있는지 알지 못하는 것과 마찬가지일 것이다. 기회가 되면 구글 지도라도 보여드리면서 설명하고 싶을 뿐이다.

토스카나 지역을 돌면서 '지방' 맛을 보게 되는 건 손쉬운 일이다. 키안티의 한 마을에 들렀던 나는 스트루토의 세례에 정신을 차릴 수 없었다. 첫번째 주문한 요리는 브루스케타였는데, 차마 그 기름이 나올 줄이야 상상이나 했겠는가. 브루스케타라면, 예쁘장하게 자른 빵에 토마토와 바질이 올라가고, 기껏해야 닭 간이나 토끼 간 페이스트를 발라 내놓을 줄 알았는데, 이건 상상 초월이었다. 그냥 시커멓고

입천장이 홀랑 벗겨질 것처럼 딱딱한 빵을 마구 자른 후 거기에 정체불명의 하얀색 기름이 가득 덮여 나왔다. 마치 서설처럼 눈부시게 하얗고 설탕 크림을 뿌려놓은 듯이 투명하게 반짝였다. 한입 썰어서 넣자 기름이 입안의 온기에 녹으면서 감칠맛을 뿜어냈다. 느끼할 것 같다고? 천만의 말씀. 소금 외에는 그 어떤 것도 넣지 않았다는 말이 믿기지 않았다. 달고 짠 맛이 조화를 이루면서 입안의 구석구석까지 넓고 은은하게 퍼져나갔다. 거친 빵 조각을 삼키자, 뱃속이 따뜻해졌다. 한 조각의 스트루토 브루스케타의 칼로리는 얼마라고? 그런 건 따지고 싶지 않았다. 스트루토는 삼키고 나서도 여전히 기름 특유의 온화한 기운을 입안에 남기고 있었다.

그리고 희미하게 두번째 브루스케타를 향한 욕망을 불러일으키는 중이었다. 그런 생각이 들자, 그건 미칠 듯한 갈망으로 바뀌었다. 두툼하고 꺼칠꺼칠한 빵으로 만든, 솜씨라고는 눈곱만치도 없어 보이는 그 브루스케타 접시는 그렇게 홀랑 내 입으로 들어갔다. 당신이 토스카나 시골의 다 쓰러져갈 것 같은 돌집에 들어선 식당에서 스트루토를 주문할 것을 제안받았다면 그게 뭐냐고 묻지 말라. 그냥 그

지방의 샘으로 풍덩 빠져보시라고밖에 말하지 못하겠다. 지방, 즉 기름이 이토록 향기로운지, 왜 사람들이 돼지를 그토록 애지중지 기르는지 알게 해줄 것이다. 아, 입가에 번들거리는 스트루토 기름은 좀 닦고 다음 요리를 기다리시길. 역시 돼지 등에서 발라낸 기름이 잔뜩 들어간 살라미가 나올 차례니까.

미안하지만, 당신이 버섯을 싫어한다면 그건 순전히 버섯 잘못이지 당신 탓은 아니다. 버섯이 못나서 그런 것이다. 새송이니 팽이니(입에 씹히는 버섯 특유의 조직감 외에 이걸 버섯이라고 부르는 이유는 또 뭐냐. 향기 없는 버섯은 버섯이라고 부르기 민망한 것 아닌가) 하는 버섯들 때문일 것이다. 값싸고 영양 많으며, 언제든 간편하게 먹을 수 있는 버섯이지만 송이나 능이, 싸리버섯 주변에 녀석들이 어슬렁거리지 않는 이유가 다 있는 것이다. 이탈리아의 가을은 야생 버섯의 천국이다. 특히 산악 지역이 발달한 토스카나의 가을은 동네 구멍가게조차 낙엽 부엽토가 마구 묻어 있는 야생 버섯으로 가득 찬다. '딸 사람이 없어서' 버섯이 썩고 있는 한국의 처지에서는 부럽기만 한 일이지만.

그 버섯으로 파스타를 만들어 먹는 건 토스카나 사람의 의무다. 순수한 돼지기름의 스트루토 브루스케타를 먹고 나면 버섯 파스타를 먹어야 한다. '피치'라고 부르는 토스카나의 전통 파스타다. 토스카나는 원래 낙농이 쉽지 않아서 유제품보다 돼지기름을 많이 먹었다. 또 파스타에 달걀을 넣지 않고 반죽하는 걸 즐겼다. 이탈리아의 생면엔 으레 달걀을 넣는다고 생각하지만, 그렇지 않은 경우도 많다. 피치가 바로 그렇다. 마치 흰색의 우동을 보는 것 같은 피치는 굵고 단단하게 반죽한다. 달걀의 감칠맛은 없지만, 거칠거칠한 밀가루의 식감과 구수한 향이 일품이다. 여기에 야생버섯으로 만든 수고소스를 얹어 먹으면 한동안 입을 다물게 된다. 오래된 광물질의 냄새, 낙엽송이 발효된 구질구질하면서 향기로운 흙냄새를 풍긴다. 버섯 소스는 은근히 달고, 흙 비린내가 식욕을 불러온다. 피치는 맞춤하게 굵어서 목을 통과하면서 짜릿한 자극을 남긴다. 여기에 싸구려 토스카나 키안티 와인 한잔을 넘겨보시라.

토스카나는 자동차 여행이 최고다. 나 같은 뚜벅이들은 도대체 이탈리아 여행에 제격이 아닌 것이다. 로마처럼 도처에 볼거리가 널려 있거나, 도시 자체를 돌아다닐 때는 무조건 걷는 것이 최고지만 토스카나의 아름다운 구릉과 시골의 와이너리 따위를 탐방하겠다면 역시 차가 있어야 한다. 그렇지만 당신이 오토 미션 운전자라면 좀 곤란하다. 이탈리아의 렌터카 회사들은 어지간해선 자동변속기 차를 가지고 있지 않으며(있다고 해도 대부분 누군가가 빌려가 버리고 난 후이며) 말도 안 되는 고가의 비용을 치러야 하기 때문이다. 유럽 여행을 다니게 되면 우리나라는 참 미국식으로 모든 것이 구성되어 있다고 느끼게 되는데(한때 운동권에서 우리나라가 미국 식민지라고 했던 말이 틀리지 않을 만큼) 렌터카를 빌리다보면 또 깨닫게 된다.

어쨌든 최고의 드라이브 코스로 꼽히는 토스카나의 여행 루트가 있다. 토스카나 남부의 시에나에서 중부의 피렌체로 가는 길이다. 물론 그 반대도 마찬가지다. 이 길은 대개 '와인 스트리트'라는 이름을 달고 있다. 수많은 와이너리를 지나쳐 가기 때문이다. 특히 수확 철과 수확 철이 막 지난 후의 황금색 포도밭 물결은 거의 장관이라고밖에 형용할 수 없다. 그 길을 우아하게 달리던 오픈카를 본 적이 있는데, 헛 참, CF를 찍는다는 게 별거 아니었다. 뭐, 대단한 기술 없이 그냥 동영상 카메라만 들이대면(담배나 슬슬 피우면서) 광고 필름 하나는 건지겠다 싶었다. 그냥 그 동영상 밑에 상품 이름이나 자막으로 넣으면 될 것 같은 광경이었다. 그런 그림을 보면서 표현력 짧은 내 입에서 나온 건 겨우 이랬다.

"야~ 그림이네(쩝)."

이탈리아의 멋진 길로 말하자면, 북부 알프스 오스트리아 접경지대의 스텔비오 패스Stelvio pass를 빼놓을 수 없다. 마치 쾌걸 조로의 날렵한 칼자국처럼 Z 자로 연달아 그어진 길은 그야말로 광고에나 나올 것 같은, 그래서 약간 현실감이 없는 길이다(나는 아직 가보지 못했다).

굳이 스텔비오 패스 말고도 이탈리아의 길은 어디든 꽤 멋진 게 널려 있다. 피에몬테의 랑게 지역 포도밭 길도 기억에 남을 길일 것이다. 물론 토스카나는 아름다운 길이 많기로 유명한 지방이다. 토스카나의 상징이라 할 수 있는 나무는 사이프러스다. 당신이 귀를 후비는 면봉처럼 생긴 이 나무는 토스카나 어디서든 자라고 있다. 사이프러스는 아련한 추억이나 낭만, 이국 취향을 불러오지만 고흐의 그림 속에서 보면 꼭 그런 것만도 아니다. 〈사이프러스 나무가 있는 길〉이라는 작품을 보면 이 나무가 고흐의 마음처럼 절규하는 모양이어서 마음이 아파진다. 특유의 붓 터치가 올올이 살아 있는데, 슬픈 별빛을 받아 뒤틀리는 듯, 고통을 호소하는 것처럼 보인다. 고흐의 그림을 떠올리면 토스카나의 그 멋진 사이프러스 길이 축축하게 보이곤 한다. 그런 서정을 안고 이 동네를 달리거나 걸어보는 것도 나쁘지 않을 것이다. 그리고 한적한 길가의 벤치에 앉아 숨을 고르는 게 좋겠다. 배가 고프면 토스카나의 시골 빵(소금기 없고 딱딱한, 그래서 몇 달씩 처박아두어도 썩지 않는) 샌드위치를 먹으면 되겠지, 스트루토나 라르도를 얹은 것으로? 오홋! 당신은 이미 토스카노토스카나 사람가 다 되었군그래.

xvii

팔뚝이 만드는 생면이 진짜다

알베르토는 정말 멋진 녀석이었다. 곱슬머리에 훤칠한 키와 친절한 미소가, 그가 차려입은 최고급 캐시미어 양복에 딱 어울렸다. 게다가 와이너리 오너에 걸맞는 적당한 영어 실력(런던에서 여자를 꼬시기에는 좀 부족해 보이는)까지 갖췄다. 그는 자신이 만드는 와인의 철학을 설명하는 부분에서는 살짝 이맛살을 찌푸리면서 멋진 와인을 만드는 생산자의 고뇌까지 연출할 줄 알았다. 심지어 그 와인 가운데 최상급을 한 잔씩 돌리면서 신중하게 시음하고는 이렇게 겸손하게 말하는 센스까지 지녔다.

“이걸 나폴레옹에게 납품했다가는 대금은 대포알로 받을 각오를 해야겠군요, 하하.”

그야말로 그는 근사한 이탈리아 와이너리 오너의 표본 같았다. 그때 말이다, 정말 나는 태양계 운동의 미니어처를 보게 된다. 그의 커다랗고 야심 찬 두 눈이 자전과 공전 운동을 하면서, 마치 안약을 넣은 이가 눈동자를 굴리듯이 왼쪽에서 오른쪽으로 급격하게 움직이는 걸 보았던 것이다.

상황은 이랬다. 그는 막 한국 시장에 진출한 자신의 와인을 기자들과 전문가들에게 직접 선보이고 싶어했다. 어떤 와인 브로커가 그를 내게 소개했고, 나의 식당에서 멋진 갈라 디너가 열렸다. 거기까지는 아주 좋았다. 문제는 그에게 딸린 한국인 통역이 지나치게 미인이라는 사실이었다. 착 달라붙는 미니스커트와 매력적인 갈색 머리에 알베르토가 혼란스러워한다는 건 누가 봐도 알 수 있었다. 만찬장에서 마침 나는 그의 맞은편에 앉아 있었는데, 통역이 화장실에 가기 위해 자리를 비우자 그녀의 미니스커트를 따라 그의 눈이 그만 거대한 공전 운동을 시작하는 걸 똑똑히 보게 되었다.

그러나 그건 어쩔 수 없이 그가 이탈리아 남자라는 사실을 일깨워주었을 뿐, 결코 내가 그에게 실망한 건 아니라는 점을 먼저 밝혀두어야겠다. 왜냐하면, 이탈리아 남자치고 그런 유혹이 '내장'되어 있지 않은 사람은 드물기 때문이다. 알베르토는 그녀가 화장실에서 돌아오고 나서도 심각한 우주물리학적 변화를 유지하고 있었다. 자전과 공전 대신 이번에는 자기장의 발생이었다. 간단히 말하면, N극에 S극의 결합이었다. 얼굴은 기자들을 보고 있었지만, 눈은 통역을 향했다.

"으흠, 그렇죠. 이 와인의 테루아엔 우리 할아버지의 철학이 담겨 있죠…… (오늘 밤 같이 한잔하실래요?) 제가 어디까지 얘기했죠? 그래요, 맞아요, 우리 할아버지. 그가 첫 포도를 수확하고 와인을 담갔을 때 주변 사람들이 그랬다죠. 퉤, 이건 마치 고약한 고르곤졸라 찌꺼기 같군…… (제 방 열쇠를 드릴까요?)"

와인이 몇 순배 돌고, 음식이 거의 다 나왔을 무렵 그는 아예 통역과 마주 앉아 이야기하기 바빴다. 그의 와인이 궁금했던 기자와 전문가들은 그를 포기하고 그가 대동한 마케팅 매니저에게 몰려가 대화를 나누고 있었다.

이탈리아에서 이런 모습을 보는 건 그다지 어려운 일이 아니다. 이탈리아 남자들은 마치 모두 카사노바가 되지 않으면 남자 구실을 못한다고 생각하는 것만 같다. 그런데 그게 내 눈에는 좀 강박처럼 보인다. 카사노바의 후예답게 굴어, 이런 자기최면을 어린 시절부터 끊임없이 받는 사람들 같다. 콘돔만 해도 그렇다. 이탈리아의 콘돔 공장은 꽤 이문이 짭짤하다고 알려져 있는데, 거기엔 순전히 사람들이 무조건 사이즈가 큰 콘돔을 찾기 때문이라는 설, 또 하나는 쓰지도 않으면서 자꾸 동네 상점에서 콘돔을 사들이기 때문이라는 설이 있다. 전자는 크기 콤플렉스이고, 후자는 횟수 콤플렉스일 것이다.

콘돔에 관련된 농담이 지구상에 많이 굴러다니는데, 충청도 출신 내 친구 하나는 지방 고유의 언어로 약국에서 콘돔을 사서 쓴다. 그가 약국에 가서 여자 약사에게 쭈뼛거리며 말을 못 꺼내고 겨우 한다는 말이 '거시기……'였다. 그러자 냉큼 알아들은 센스 있는 약사가 이렇게 대꾸했다고 한다.

"특수형, 일반형?"

그러자 내 친구는 이렇게 주문했다.

"거시기…… 민짜."

요즘 이런 순진 덩어리는 보기 힘들 것이다. 며칠 전에는 내가 일하는 홍대 앞에 '풍선 가게' 같은 게 생겼길래, 유심히 들여다보다가 깜짝 놀랐다. '거시기'를 파는 가게였기 때문이다. 거시기만 전문적으로 파는 가게라니. 게다가 젊은 쌍쌍이 그 가게에서 '쇼핑'을 하고 있었다. 창밖으로 보기에도 구색이 놀라워 보였는데, 다녀온 누가 얘기 좀 해주시라. 특수형과 민짜 말고 어떤 다양한 구색이 있는지 궁금하니까.

몇 해 전에 시 쓰는 최갑수와 이탈리아를 두루 여행했다. 별로 극적일 것 없는 여행이었다. 지독한 여행 우울증을 앓았던 기억도 난다. 뭐라고 달리 부를 수 없는 그런 병이었다. 몸은 무기력했고, 소화는 전혀 되지 않았으며 머리가 멍해서 그러다가 바보가 되어버릴 것 같은 공포도 밀려왔다. 나의 이탈리아어는 한심해서 시골 약국에서 소화제를 찾았더니 제산제를 주었고, 어떤 싸구려 여관에서 가격 협상을 하는데 차라리 최갑수의 서바이벌 잉글리시가 더 먹히는 상황도 겪었다.

우리는 사막 여행을 가면서도 혹시나 해서 수영복을 챙겨가곤 한다. 여행 회화 책도 그런 종류다. 여전히 서점에는 그런 책들이 인기를 끈다. 최갑수는 온갖 나라를 다 돌아다니는 방랑객인데, 절대 그런 책은 가져가지 않는다. 라오스나 이탈리아 남부의 시골 동네처럼 영어가 안 통하는 곳이라면, 뭔가 현지어로 된 여행 회화 책이 유용하지 않겠니, 했더니 픽 웃는다.

집에 그런 책이 있길래 집어들었다. 최갑수가 왜 그걸 신뢰하지 않는지 알 만했다. 이를테면 이런 예문들이 나와 있었다.

"그분 댁에 방문할 때 기념 선물을 가져가도 좋습니까(선물이 무슨 괴물도 아니고), 리버풀행 마지막 통근 열차에 이 자전거를 실을 수 있나요(통근 열차까지 타시려고? 게다가 자전거를 싣다니), 제 췌장에 문제가 있는 것 같군요, 왕진 의사를 불러주세요(도대체 췌장이 아픈 건 어떤 증상일까), 저는 채식주의자입니다. 전용 메뉴판을 제공해주시기 바랍니다(고기도 없어서 못 먹음, 흑), 급사를 불러주세요, 제 아내가 시내 외출을 준비중입니다(18세기 귀족여행도 아니고), 샤토브리앙을 주문하려면 따로 주문서를 보내야 합니까(이게 도대체 뭔 소리래), 급히 본국에 텔렉스를 전송해야 하니 우체국으로 안내해주십시오(전보를 치지 그랬어)……"

진정 누구나 바라는 건 경찰서에서 도난신고서를 달라고 할 때 쓰는 회화와, 나이트클럽에서 맘에 드는 이성에게 수작을 걸 때 쓰는 회화 정도리라 생각한다. 그렇지만 이런 표현이라면 사양한다.

"귀 경찰서의 도난신고 양식을 요청하고자 합니다. 기입할 난을 지정해주시기 바라며, 보험회사의 팩스 번호를 병기해주십시오."

"당신과 이 공간에서 만난 것은 내 인생의 행운입니다. 오랫동안 인연을 지속시킬 방안에 대해 안내해주십시오."

최갑수와의 여행중에 대단한 소득도 있었다. 으흠. 최갑수가 왜 시인인 줄 알았고(그가 열흘간의 여행 동안 적은 메모는 모두 합쳐 취재 수첩 반 페이지였다) 우리가 '파스타의 고향'이라고 부르는 곳에 방문했다는 점이었다. 베로나 인근의 자그마한 마을 발레지오 술 민치오Valeggio sul Mincio는 오직 파스타 프레스카, 즉 생면을 만드는 곳으로 유명한 곳이었다. 야들야들하고 하늘하늘한 기막힌 생면은 입맛을 완전히 잃어버린 나조차도 한 그릇 뚝딱 비우게 만드는 마력이 있었다. 생면에 대한 한국인의 여러 가지 상상, 그중 칼국수를 연상하는 건 정말 정확하다고 생각한다. 잘 치대서 글루텐이 충분히 잡히도록 만들어 쫄깃한 식감을 기대한다는 점, 오직 손으로 오랫동안 반죽함으로써 '손맛'을 노린다는 점이 그렇다. 다 빚은 반죽을 냉장고에서 좀 쉬게 해서 안정성을 높이고 칼로 반죽을 써는 것까지 전통의 파스타 프레스카와 칼국수는 쌍둥이처럼 닮아 있다.

한 생면 가게에 들른 우리는 여러 가지 촬영을 했는데 마치 달걀을 넣은 이 지역의 전통 생면을 연상시키는 노란색의 앞치마를 입은 한 아가씨를, 최갑수는 찍고 싶어했다. 그녀는 몹시 수줍어했는데, 카메라를 사양하는 이유가 이랬다.

"글쎄, 난 포토제닉하지 않아서……(Allora, non sono fotogenica……)"

아가씨에게 미안한 말이지만, 그녀야말로 가장 포토제닉했다. 우리는 날씬한 금발에 풋풋한 미모의 여자들 대신 그녀를 고른 거였다. 왜냐하면 그녀의 두툼한 팔뚝이야말로 가장 파스타 프레스카에 알맞았고, 문자 그대로 포토제닉했기 때문이었다. 그녀는 영문도 모르고 포토제닉한 팔뚝을 선보이며 사진 포즈를 취해주었다. 물론 이왕이면 시뇨라라고 부르는 아줌마나 할머니(참고로, 이탈리아에서 자기 혈연 외에는 할머니라고 부르지 않는다. 그러니까 할머니란 뜻의 '논나'는 아무한테나 쓰지 않는다)가 포즈를 잡아주었으면 더 훌륭했을 것이다.

미슐랭 스타가 빛나는 전통 식당에 가보면 여전히 파스타 프레스카는 시뇨라 담당인 경우가 많다. 현대식으로 꾸민 주방이라도 한구석에는 오직 시뇨라들만이 들어갈 수 있는 반죽대가 설치되어 있는 것이다. 높다란 모자를 쓰고 희고 멋진 작업복을 입은 셰프가 있다 하더라도 주방의 위엄은 시뇨라에게 몰려 있다. 설사 그곳이 미슐랭 쓰리 스타 레스토랑이라고 해도.

가족 경영이 대세인 이탈리아 식당의 시뇨라는 늙어서 돌아가실 때까지 주방의 실권을 놓지 않는다. 웬만해선 파스타 프레스카를 만들 권리를 포기하지 않는다는 뜻이다. 반죽 판을 떠나는 순간, 위엄도 사라진다. 그래서 내가 아는 '구이도Guido'라는 스타 레스토랑의 주인 시뇨라는 아들인 주방장이 환갑이 되어서도 반죽 방망이를 놓지 않았다.

그녀의 이름은 리디아 알치아티Lidia Alciati이고, 이탈리아의 전설이다. 유튜브에서 그녀의 이름으로 검색을 하면 리디아 여사의 생면 시범을 볼 수 있다.

그녀가 허름한 주방복을 입고 팔순이 된 나이에도 여전히 생면을 만들었다는 건, 어쩌면 눈물겨운 장면이고 또 어쩌면 그것이 이탈리아 음식의 원형질이라는 걸 시사하기도 한다. 미슐랭의 암행 조사원들은 그녀의 생면에 높은 점수를 주었다. 그녀가 더이상 생면을 만들 수 없게 되던 날, 구이도의 별은 무참하게 스러져버렸다. 리디아는 2010년 8월, 파스타 프레스카의 역사에 큰 족적을 남기고 이 세상을 떠났다. 그녀가 가자, 도하 각 언론은 특집 기사를 싣고 이렇게 추모했다.

"리디아가 갔다. 위대한 주방장이자 파스타의 어머니였던 판타스틱한 그녀가 갔다."

리디아 여사는 말년에 나이가 너무 들어 반죽을 힘차게 밀 수 없었다. 그렇지만 피에몬테, 에밀리아, 토스카나 같은 전통의 파스타 명문 지역에 가면 시뇨라들이 파스타를 미는 장면을 직접 볼 수 있다. 요즘은 기계의 힘을 빌려 더

싸고 빠르게 사람들의 입을 즐겁게 해주고 있기는 해도, 여전히 시뇨라가 만드는 파스타는 인기다. 우리 어머니는 한때 칼국숫집을 하기도 했는데, 반죽을 미는 예술적 솜씨를 가졌다. 중간 중간 덧밀가루를 술술 뿌려가며, 굵은 홍두깨로 커다란 반죽을 꼼꼼히 겹쳐가며 수십 명이 동시에 먹고도 남을 양을 밀었다. 그리고 식칼로 숭덩숭덩, 그 반죽을 쫄깃한 칼국수로 저며냈다. 혀에 닿는 촉감이 비단같이 부드러운 어머니의 칼국수는 명품이었다.

이탈리아에서 나는 똑같은 장면을 종종 보았다. 선한 눈매의 시뇨라들이 좋은 달걀을 밀가루에 깨서 넣고 잘 반죽한 후, 거대한 밀방망이로 서두르지 않고 꼼꼼히 반죽을 미는 장면은 눈물이 나올 만큼 감동적이었다. 그녀들은 절대 서두르지 않았다. 저녁 시간, 그 생면을 소금물에 넣을 때까지는 시간이 충분하니까. 그녀들은 나 같은 이방인이 자세히 보도록 더 천천히 반죽을 밀었다. 동작 하나에는 친절함과 세심함, 그리고 장인만이 가질 수 있는 프로페셔널한 손길과 고매함이 배어났다. 특히 그녀들의 두툼한 팔뚝은, 마당에서 어머니가 이불 빨래를 할 때 두드러지던 그 근육들처럼, 힘차고 보수적이며, 모성이 묻어 있었다. 나는 문듯 파스타 프레스카야말로 저 팔뚝의 분신이라고 생각했다. 팔뚝이 만드는 생면이 진짜다, 그렇게 주장하고 싶어졌다. 그러므로, 이 이방인이 한국에서 만드는 생면은 아무런 생명력이 없어 보였다.

내가 생면 만드는 걸 좋아하지만, 그것이 과연 맛있을 것인지 끊임없이 의구심을 품는 건 그런 회의에서 비롯된 것 같다. 나는 아마도, 아니, 절대로 교양 있는 도시 아가씨가 꽃무늬 프린트의 앞치마를 입고 만드는 칼국수나 파스타 프레스카 따위는 먹지 않을 것이다. 그녀가 예쁘게 빚어서 쌍둥이 칼로 송송 썰어서, 번쩍이는 고급 스테인리스 냄비에 삶은 칼국수에는 아무런 흥미가 없는 것이다. 당신 같으면 그걸 먹고 싶겠는가, 아니면 차라리 시장 노점의 낡은 도마에서 썬 할머니 칼국수를 먹겠는가.

xviii

특히 조심해야 할 것은
포도밭의 개다

진정한 파스타 달인의 자리를 지키셨던 리디아의 죽음은 한동안 나를 슬프게 했다. 리디아의 식당은 늘 너무도 유명해서 미슐랭 스타를 달고 있다. 프랑스 사람들이 주는 이 '똥별'보다 그녀는 이탈리아의 자랑인 붉은 새우 모양의 '감베로 로소'를 더 자랑스러워했지만 말이다. 여전히 돈 많은 관광객들은 미슐랭의 별을 보고 찾아오므로 별수 없는 일이기는 해도, 그녀의 식당 문에는 자랑스럽게 감베로 로소의 새빨간 새우가 더 크게 그려져 있을 것이다. 물론 지금은 감베로 로소 역시 상업화되어버려 순수한 열정을 잃었다고 하지만 말이다.

미슐랭의 별은 식당에 선사하는 것이 아니라, 셰프에게 부여하는 것이라는 건 아는 이들은 다 알 것이다. 그렇다면 리디아 여사의 식당 '구이도'의 셰프는 누구일까. 리디아 여사의 아들들이 일하고 있지만, 누가 뭐래도 셰프는 리디아 여사다. 그녀의 식당이 유명한 건 그녀 때문이고, 정확히 말하면 그녀의 파스타인 '아뇰로티' 때문이다. 작은 만두 같은 파스타인 아뇰로티는 이젠 대부분 공장 제품을 사다 먹는다. 손으로 빚은 것처럼 정교한 아뇰로티를 만드는 기계도 발명되었다. 그러나 그녀는 오직 두 손으로 아뇰로티를 빚는다. 아니, 빚었다.

미슐랭은 셰프가 그 식당을 그만두면 다음해 발매분에서 별을 '수거'해 간다. 이제 구이도에는 별이 줄어들 것이다. 구이도는 여전히 수준급의 아뇰로티를 제공하겠지만, 그녀가 없기 때문이다. 그녀는 하루도 빠짐없이 매일 아침 자신의 파스타 조리대에 출근해서 아뇰로티를 빚었다. 딱 그날 쓸 만큼의 아뇰로티를 빚었다. 대부분의 스타 레스토랑에서조차 얼려둔 라비올리를 쓰는 데 비하면, 그녀의 프레시 파스타가 얼마나 신선하고 맛있었을지 상상해보라. 소스는 전혀 제공하지 않았으며, 오직 갓 천일염을 친 뜨거운 물에 삶은 아뇰로티를 접시에 올려 냈다. 속은 송아지고기와 피에몬테 특산의 햄과 채소, 치즈가 들어갔다. 그리고 그녀의 손맛으로 완성했다. 그녀의 명복을 빈다. 다시는 우리들이 맛보지 못할 명작 아뇰로티의 명복도 함께 빈다.

팔뚝 얘기가 나와서 말인데, 학창 시절에 좀 노는 내 친구가 어느 날 턱에 거대한 깁스를 하고 나타났다. 턱에 깁스한 사람을 본 적이 있는가. 원래 턱은 깁스하기가 애매한 곳이라 여간해서 그런 치료법을 쓰는 것 같지는 않다. 그런데 내 친구는 목과 턱을 동시에 고정시키는 희한한 깁스를 한 것이었다. 녀석은 한쪽 턱이 퉁퉁 부풀어올라 보기에도 측은한 몰골이었다. 왜 그래? 누구에게 맞았어? 녀석은 대답을 하지 않았다. 어지간해서는 맞을 녀석이 아니었으니 도대체 녀석을 그 꼴로 만든 강적(아마도 효도르 같은 무쇠 팔뚝의 사내)이 누굴까 상상했다. 하긴 서울 변두리 5학군은 노는 애들이 많았고, 숨어 있는 강호의 고수가 있었다. 그 시절, 자전거 체인 내공과 교무실 유리창 박살 신공 따위의 전설은 흔했다. 요새 학생들이 거칠다고 하는데 웃기는 얘기다. 교사에 대한 칼부림도 왕왕 있었고, 졸업식 날 후환이 두려워 아예 등교하지 않는 교사도 여럿 있었던 시절이라면 믿겠는가. 당시엔 뉴스가 되지 않았을 뿐, 개 타고 말 장수 하는 것 같았던 거친 시절이었다.

그런데 녀석의 턱이 아물 무렵 우리는 경악할 소식을 들었다. 턱을 그렇게 만든 게 팔뚝은 팔뚝이되, 여자 팔뚝이라는 사실이었다. 서울 서대문 쪽에 한 여학교가 있었다. 녀석이 그 동네에 얼씬거리면서 여학생들에게 수작을 걸었다고 했다. 그러다가 한 여학생의 손목을 낚아채자 여학생은 비명을 질렀고, 마침 그 근처에 있던 다른 '여학생'이 개입해서 팔뚝을 휘둘렀다는 거였다. 으응? 그렇다고 턱이 부러져?

"응, 그럴 만도 하지. 배구 선수였어……"

강 스파이크와 돌고래 같은 러닝 스파이크 서브를 날리는 그 무시무시한 팔뚝! 턱이 아니라 무쇠라도 박살날 힘이었을 거다.

"불이 번쩍하는 게 아니라, 온몸에 어떤 트럭이 와서 부딪치는 것 같았어. 교통사고라도 난 줄 알았다니까."

좀 노는 당신, 어디 가서 배구 선수는 건드리지 마시라, 물론 남자든 여자든 말이다. 녀석은 이 방면에 결국 노하우를 집대성했다. 싸움질은 여전했지만 피하는 건 확실히 있었다.

"배구 선수는 절대 피해. 탁구 선수도 마찬가질 거야. 그리고 귀 찌그러진 친구들도 피하라구. 잡히면 끝이야."

녀석의 지론에 의하면, 온갖 무술 유단자와도 해볼 만하지만(그 역시 유단자였다) 레슬링이나 유도 유단자와는 절대 싸움을 붙지 말아야 한다. 잡히면 '상황 종료!'이기 때문이다. 다른 타격 기술의 경우 한 대 맞더라도 어찌 수습을 해볼 텐데, 매트에 구르면서 단련하느라 귀가 찌그러진 친구들에게 잡히면 그걸로 모든 상황이, 회복 불능한 상태로 끝난다는 얘기였다. 두 팔이 서로 위치를 바꾸거나 발이 뒤로 돌아갈지도 모른다며 그는 벌벌 떨었다. 그대들이여, 혹 싸움을 하게 된다면 상대방의 귀를 보시라. 광저우 아시안게임에서 보니 역시나, 유도와 레슬링 선수들의 귀가 그렇더군. 그들에게 잡히는 순간, 상상만 해도…… 아, 물론 그렇다고 문대성 같은 태권도 선수에겐 시비를 붙여도 된다는 얘기는 아니다. K라는 다른 내 친구는 태권도 선수에게 따귀를 맞은 적이 있다. 손이 아니라 발로! 그 선수는 한 발을 들어 파리채처럼 순식간에 K의 따귀를 돌아가며 쓰다듬어주셨다고 한다. 하여간 귀를 더욱 조심하고 볼 일이라는 것일 뿐.

나는 어지간하면 도보 여행을 한다. 뭐, 대단한 의지와 철학을 가지고 있는 건 아니다. 운전을 할 줄 모르고(그나마 면허는 있는데, 운전대를 잡아본 적이 없다) 돈도 없으니 어지간한 곳은 걸어가려고 하는 것이다. 게다가 신이 주신 특권, '널럴한' 시간도 있지 않은가. 그래서인지 존경하는 인물을 꼽으라면 최근에는 베르나르 올리비에다. 누구냐고? 영화배우냐고? 음, 그는 프랑스의 기자 출신으로 실크로드를 걸어서 횡단한 인물이다. 한국에는『나는 걷는다』란 책으로 제법 알려졌다. 그의 이 저작은 중독을 일으킨다. 붙들고 있으면 만화책처럼 시간이 흐른다. 그의 모험에 푹 빠져 책을 놓을 수 없다. 다음 단계는 발이 근질거리고, 어디론가 떠나고 싶어진다. 그리고 중증이 되면 기어코 그처럼 떠나게 된다. 비록 실크로드는 아니지만 어디라도……

그는 터키 북부를 여행하다가 거의 죽을 뻔한 위기를 맞는데, 그건 강도도 살인자 때문도 아니었다. 바로 캉갈이라고 하는 양치기 개(캉갈은 터키의 지명이기도 하다. 마치 진도의 진돗개처럼) 때문이었다. 무시무시한 이 개는 주인 외에는 어떤 것도 두려워하지 않는다. 양을 공격하는 늑대 떼를 물어뜯는 용맹한 개다. 바로 그 개의 습격을 받아 심각한 위험에 빠졌던 것이다. 얼마나 그를 공포에 몰아넣었는지 세 권짜리 그의 책 군데군데에 툭하면 캉갈 얘기가 나온다. 캉갈의 습격도 견뎌냈는데 무엇이 두려우랴는 식이다.

캉갈까지는 아니어도 나 역시 도보 여행자라 개가 무섭다. 이탈리아도 제법 무서운 개들을 기른다. 특히 조심해야 할 것은 포도밭의 개다. 이탈리아엔 고급 와인 산지가 널렸다. 포도 두어 송이 값이 수만 원씩 한다. 그러니 도둑이 있을 수 있고, 이런저런 이유로 개를 풀어놓기도 한다. 덩치는 캉갈처럼 크고 이빨은 비수처럼 날카로운 녀석들이다. 녀석이 한번 물어뜯는다면 나처럼 허약한 존재는 여행 중단은 물론, 삶도 중단할 지경에 처할지 모른다. 짖으면 얼마나 소리가 큰지 심장이 졸아붙는다. 종종 '개 조심'이라고 써 있기도 하지만, 그렇다고 걷는 여행자가 포도밭을 피해서 갈 수는 없는 노릇 아닌가. 이탈리아의 절반은 포도밭이라고 해도 과언이 아닌 판국에 조심할 방법이 없다.

나는 커다란 야수 같은, '바스커빌의 개'처럼 무서운 개를 기르면서 "에에구, 귀여운 녀석!" 하는 사람들을 이해할 수 없다. 그래, 당신에겐 귀여운 아기이겠지만 그게 여행자들에게도 해당되는 건 아니잖아. 그래서 개를 기르는 사람들이 하는 말 중에 내가 가장 혐오하는 말이 있다.

"괜찮아요. 안 물어요. 흐흐. 아직 어리거든요."

너나 안 물겠지. 주인을 물기야 하겠냐.

한번은 피에몬테의 괴짜 와이너리 오너 로베르토 보에르치오를 방문했다. 마침 그 괴짜(그는 포도나무 한 그루에서 딱 한 병의 와인만 만든다. 그러니 얼마나 비싸겠는가)는 출타중이었고, 직원이 나를 안내했다. 문제는 그놈의 개였다. 포도밭에 침입하는 도둑놈 퇴치용으로 기르는 그 녀석은 내가 그 도둑놈에 해당하는 걸로 착각하는 것 같았다. 직원은 웃으며 그 빌어먹을 발언, "안 물어요, 괜찮아요"를 할 뿐이었고, 녀석은 내게 으르릉거리며 위협했다. 앞발을 내 어깨에 얹으면 키가 나보다 커 보이는 녀석이었다. 게다가 온통 새까매서 눈동자가 식별이 되지 않았다. '적'의 눈을 읽을 수 없으니 나로서는 더 공포에 빠졌다. 어깨는 딱 벌어졌고, 심지어 뒷다리 사이에 덜렁거리는 그것조차 당구공처럼 거대하고 위협적이었다. 녀석이 생고무처럼 일그러진 입술 사이로 침을 질질 흘리며 나를 노려보고 있었고, 나는 딱 몇 초간 얼어붙었다. 직원은 내가 따라오는 줄 알고 이미 건물 안으로 들어가버린 후였다. 나는 생사의 기로에 섰던 것이다.

아, 사람은 역시 환경에 적응한다. 나는 내가 야수로 돌변하고 있음을 느꼈다. 비명을 질러 직원를 부를 수도 있었지만, 그 소리에 자극받은 녀석이 나를 물어뜯는 게 훨씬 빨랐을 것이다. 나는 침착하게 녀석의 눈을 보았다. 이상하게도 짐승도 눈을 잘 보면 나이가 읽힌다. 녀석은 아직 경험이 적은 어린놈이었다. 당구공을 덜렁거리며 아주 건달처럼 폼을 잡지만 세상이 뭔지 잘 모르는 녀석이었다. 인마, 너 사람 잘못 봤어. 너 같은 건 종종 먹는다구, 인마. 니 동료 서넛쯤은 먹어치운 바 있다니까. 나는 스스로를 다독이며 녀석의 눈을 노려보았다. 만약 녀석이 덤벼들면 어떻게 대처할 것인가, 시뮬레이션을 했다. 녀석은 분명히 삐죽

한 발톱으로 나의 목덜미를 할퀴고 내가 비틀거리면 팔이나 허벅지를 물어뜯을 것이다. 그러므로 나는 거리를 유지하고 녀석의 발을 붙드는 게 중요했다. 그러면 녀석의 주둥이로부터 나의 몸을 보호할 수 있을 것 같았다. 발톱이 내 손을 파고들 때의 통증을 이기는 게 무엇보다 중요한 일이었다. 나는 그 통증을 미리 상상 체험 하면서 견뎌낼 준비를 했다.

나의 이런 단호한 태도는 녀석을 겁먹게 한 것 같았다. 귀찮은 분쟁을 불러올 수 있다는 경고를 한 것인지도 몰랐다. 발톱이 부러지거나 뺨에 피를 흘릴 수도 있다는 걸 알아챈 걸까. 녀석은 천천히 고개를 돌리고, 으르릉거리며 한 번 더 어른 후 천천히 딸랑딸랑 그것을 흔들며 어디론가 가기 시작했다.

그 와중에 나는 안도의 숨을 쉬는 대신 혹시라도 내가 '무엇'을 저지르지나 않았는지 바지춤을 더듬어봤다. 다행이었다. 개에게 물어뜯기지도, '무엇'을 흘리지도 않았다. 나는 언제나처럼 속으로 외쳤다. 나는 운이 좋은 놈이야.

캉갈까지는 몰라도, 나는 웬만한 개에게 겁을 먹지 않는 법을 그때 배웠다. 그렇다고 남의 포도밭에서 엄청 비싼 포도를 따먹지는 않았다. 너무도 달아서 구역질이 날 정도인 그 비싼 포도를 원하지도 않지만.

xix

똑같은 건 죽어도 못 참는다

한때, 이탈리아가 유로 이전에 리라lira를 쓰던 시절에는 정말 좋았다. 당시 이탈리아의 국민소득이 우리보다 두 배는 넘던 때였는데도 물가가 얼마나 싼지, 관광객들은 입을 벌리고 경악했다. 피렌체의 두오모나 로마의 바티칸, 심지어 로마의 명품 거리인 비아 델 콘도티(불가리, 제냐, 구찌 등이 몰려 있는)에서조차 커피값이 서서 마시면 천오백 리라에 불과했다. 당시 리라가 '원'의 액면가 두 배 정도였으니 8백 원에 불과한 '껌값'이었다. 특히 한국에서 비싼 서비스 요금과 옷이나 패션 상품의 값은 상상을 초월했다. 지금은 한국인에게 널리 알려져버린 피렌체 인근의 창고형 할인 숍에서는 동대문 상가 수준의 값에 명품을 팔았다. 침 흘리지 마시라. 그게 다 옛날 얘기니까. 당시 그 동네에 얼씬거리고 있으면, 거대한 이불 보따리(이게 동대문표 옷 가방이라는 걸 나중에 알았다)에 물건을 마구잡이로 사들이던 일군의 남녀들을 볼 수 있었다. 그들과 할인 숍 거리의 카페에서 우연히 얘기를 나눴는데, 넌지시 내게도 이렇게 제안했다.

"아저씨, 물건 한 천만 리라어치만 좀 한국에 들고 가주슈. 내가 수고료로 프라다 가방 하나 줄게."

그들은 동대문식으로 앞섶에 전대도(무려 국방색!) 차고 있었다. 그 안에서 돈이 쏟아져나오는데, 액면가가 서방 세계에서 가장 높은 리라인지라 수천만 단위였다. 카드 없이 현금을 가지고 다니면서 명품을 사냥하면, 그게 한국에서 몇 배 이문이 됐다. 인터넷 쇼핑몰도 없고, 오직 강남의 보따리 장사를 통해 명품이 은밀히 유통되던 시절, 그러니까 호랑이 담배 피우던 때였다. 그들은 그야말로 가장 낮은 바닥에 있는 명품 밀수꾼들이었다. 푼돈으로 명품을 사고, 그렇게 이탈리아를 왕복해도 비행기 삯은 물론 몇 번 왕복하면 소나타 값이 한 대씩 빠지던 때였다. 워낙 덩어리가 작은 밀수꾼이라 넋 나간 세관원과 짬짜미를 할 주제도 못 되어, 순전히 운에 맡기고 통관을 했다. 그래서 한여름에도 만약을 대비해 옷을 몇 벌씩 껴입고, 괜히 선글라스도 쓰고 신발도 명품으로 신고 공항을 드나들었던 것이다. 걸리더라도 몸에 걸친 것들에는 야박하게 과세를 하지 않길 바라고 하던 짓이었다. 그래, 좋았던 시절이었다.

당시 와인으로 재미를 보던 사람들도 꽤 있었다. 세관에선 양주나 골프채만 유심히 볼 뿐, 아직 와인에는 무관심하던 때였다. 로마네 콩티나 샤토 무통 로칠드 같은 뻔한 것만 피하면 대여섯 병씩 경차보다 비싼 명품 와인을 가지고 들어오는 건 식은 죽 먹기였다. 예를 들어 리쉬부르 앙리 자이에 그랑 크뤼 클라세 1988, 뭐 이렇게 부르는 와인 이름을 세관에서 일일이 알 리 없었으리라. 송구하게도, 나도 몇 번 제법 비싼 와인을 들고 온 적이 있는데 세관원이 가방을 뒤지곤 이렇게 내게 물었다.

"이 와인들, 비싼 거 아니죠?"

아이고, 성은이 망극하나이다. 비싼 거 아니냐고 물으시니 버건디의 그랑 크뤼 등급과 가격 체계를 제가 말씀드릴 필요는 없었습죠.

한참 나중에서야 세관에서도 적극적으로 와인 교육을 하고, 조사가 깐깐해졌다. 메독 그랑 크뤼 61개 샤토를 외우시고, 미국의 부티크 와인 리스트도 배우신다고 한다. 그러니, 요즘에는 아서라, 2백 불짜리도 영수증을 꺼내보라고 그러신다. 멘트가 이렇게 바뀌었다.

"이 와인들, 싼 거 아니죠?"

그리고 한마디 더 덧붙이신다.

"메독 포이약 마을 그랑 크뤼구먼. 1등급 샤토 라투르 세컨드 와인도 한 병 있으시군요. 선생님, 이거 값 좀 나가겠는데요?"

그렇다고, 뱃속에 넣고 가면 세금을 안 낸다며 와인병을 따서 원 샷 하시는 건 참으셔야 한다. 세금 내고 고이 모셔오시면 그래도 남는 게 와인이니까.

참고로, 이탈리아에서 쇼핑을 하기 전에 몇 가지 유용한 팁을 일러주겠다. 되는 것도 없고, 안 되는 것도 없기 때문에 한국과 너무 흡사하게 느껴지는 이탈리아는 쇼핑도 그렇다. 뭐든 구할 수 있을 것 같지만, 그렇지 않다. 못 구할 것 같다가도 어찌어찌 구한다. 그러니 실망도 기대도 하지 말라. 심지어 50미터 사이로 나란히 있는 똑같은 브랜드의 가게가 구색이 전혀 다르다. 프레타포르테인데도 그렇다는 얘기다. 명품이 아니어도 마찬가지다. 20유로짜리 옷을 주로 파는 베네통에서도 집집마다 구색이 다르다. 똑같은 건 죽어도 못 참는 이탈리아다운 문화다. 그러므로, 어쩌다 거길 들르고 지나가는 한국인이라면 맘에 드는 상품은 바로 사는 게 좋다. 나중에 다른 가게서 사지 뭐, 이랬다가는 영영 그 제품을 못 만난다. 가만있어봐, 바로 이걸 노리고 이탈리아 가게들이 구색을 서로 다르게 하는 걸까?

언젠가 이탈리아 여행중에 저렴하게 끼니를 때우는 법을 강의한 적이 있다. 간단히 설명해보자. 식당에서 먹는 밥값은 이탈리아가 상당히 비싸다. 이럴 때 슈퍼에서 과일과 샐러드(알뜰하게 포장되어 있다)나 빵을 사서 얼마든지 풍요롭게 식사를 할 수 있다. 원한다면, 한국의 레스토랑에서 10만 원쯤 하는 브루넬로 디 몬탈치노 와인 한 병을 불과 3만 원에 곁들이셔도 된다. 과일은 또 얼마나 풍요로운지 눈이 휘휘 돌아간다. 애너볼릭 스테로이드를 먹었는지 향은 없고 덩치만 큰 딸기가 아니라, 진짜 잃어버린 봄 딸기의 향이 난다. 아, 5월의 딸기밭은 어디로 갔는가. 여름에는 한국에서 금숭아로 변신하는 복숭아가 아주 달고 싸며, 오렌지 따위는 먹다가 그냥 개를 줘도 별로 안 아깝다. 한번은 노점상에서 오렌지를 한 봉지 샀는데 귀를 의심해야 했다. 어린애 머리통만한데다가 속살이 붉은빛을 내는 블러드 오렌지였다.

"1유로 내슈."

과일이 아무리 맛있어도 배가 고프면 사람은 탄수화물을 찾는다. 파스타가 제격이겠지만, 요즘의 이탈리아 식당 사정은 가관이다. 토마토소스를 넣은 평범한 스파게티 한 그릇에 8유로에서 10유로가 보통이다. 한국보다 결코 싸지 않다. 한국의 스파게티 값은 근 10년 동안 거의 오르지 않았는데, 이탈리아는 두 배 이상 올랐다. 5천 원 정도에 먹을 수 있던 파스타 값을 두 배 이상 부르는 것이다. 10유로라면 흑, 청담동 파스타 값을 무색케 한다. 이럴 때 이탈리아에서는 대안이 있다. 바로 샌드위치다. 이탈리아의 샌드위치는 보들보들하고 얍삽한 스타일이 아니라, 거칠고 더 원형질에 가깝다. 구수한 곡물의 맛, 곁들이는 간결한 고명, 그리고 싼값까지. 들고 먹는다는 의미인 샌드위치의 본령에 충실하다. 런던과 뉴욕의 샌드위치가 폼 나게 접시에 담겨 포크와 나이프를 대동하고 온갖 세련미를 과시할 때(푸아그라 샌드위치도 있다니까), 이탈리아의 샌드위치는 여전히 수수하게 제 모습을 지켜왔다.

이탈리아의 샌드위치, 그래, 본명으로 불러주자. 바로 우리가 파니니라고 부르는 그것이다. 샌드위치는 그것을 '발명'한 백작의 이름이라지만, 파니니는 그야말로 순진무구한 이름이다. 고유명사가 아니라 문자 그대로 '작은 빵'이라는 뜻이다. 치아바타(슬리퍼라는 뜻)를 비롯한 온갖 빵 사이에 이탈리아만의 그 '무엇'을 끼워넣어 먹는다. 이탈리아인들에게 파니니는 샌드위치 그 이상의 의미가 있다. 그걸 알려면 이탈리아 사람들의 식습관을 꿰뚫어봐야 한다.

이탈리아의 호텔에 묵어들 봤을 것이다. 하룻밤에 3백 유로나 하는 최고급 호텔에서조차 아침밥은 조촐하기 그지없다. 스크램블드, 오믈렛, 반숙, 서니 사이드 업 등 다양한 달걀 요리가 있고 오만 가지 육가공품과 따뜻한 수프, 그리고 향기롭고 달콤한 여러 가지 빵이 나오는 미국식 고급 아침밥을 사랑하시는 분들에게는 턱없이 성의 없고 부족한 식사가 이탈리아의 호텔 아침밥이다. 겨우 커피와 우유, 주스, 시리얼, 차가운 햄과 소시지, 비스킷과 크루아상, 브리오슈, 몇 가지 과일…… 그게 전부다. 그런데, 그런데 말이다. 그렇게 간결한 것조차 실은 이탈리아식은 아니라는 사실이다. 이탈리아 사람들은 아침에 그렇게 '무거운' 밥을 먹지 않는다. 호텔 밥을 보고 이탈리아 사람들은 매일 이런 아침을 먹을 거라고 착각하지 말라는 말씀이다. 호텔이니까 수많은 타국 관광객이 묵을 것이고, 그들을 위해 호텔이 나름 성의를 보이는 음식이라는 뜻이다.

이탈리아 사람의 집에서 묵을 때가 꽤 있었다. 그들과 함께 6개월을 산 적도 있다. 그러니 녀석들이 무엇을 먹나 궁금해져, 내가 그들 집에 손님으로 묵을 때는 어떤 걸 아침으로 주나 기대하곤 했었다.

"아침 먹어야지?"

이러곤 호스트는 그냥 가스레인지에 '마키네타'라고 부르는 가정용 모카 커피 포트를 올린다. 가늘게 분쇄한 커피 두어 스푼을 넣고 말이다. 그 커피가 부글부글 끓어서 두 잔이 만들어지는 아주 짧은 시간이면 아침 식사 준비가 끝난다. 어떻게? 그냥 찬장에서 말라붙은 비스킷을 꺼내는 것이 전부였다. 아니면, 어제 사둔 크루아상 한 조각이 고작이었다. 한국의 친구 집에서 어머니가 한 상 가득 심지어 불고기를 볶아서 올려주시던 밥상(강호동처럼 아침부터 삼겹살은 아니더라도)을 기대하진 않았지만, 호텔처럼 몇 가지 음식은 나올 줄 알았다. 하다못해 삶은 달걀과 갓 내린 오렌지주스라도……

파니니 얘기를 하자니, 사설이 길어졌다. 그렇다. 그렇게 아침을 먹고 점심 시간인 오후 1시까지 어떻게 기다리나 싶었다. 바로 거기에 샌드위치, 아니, 파니니가 있었다. 모든 직장인과 학생들이 일제히 오전 10시나 11시가 되면 근처 바에 몰려간다. 바는 술을 마시는 곳이 아니라 커피와 파니니를 먹는 곳이다. 물론 저녁이 되면 식전주를 마시는 곳이기도 하다. 그 바에서 파니니를 먹는다. 그들은 매일처럼 파니니를 먹는다. 어쩌면 파스타보다 더 중요한 식사일지도 모른다. 누군가 내게 "이탈리아인들은 파스타를 즐겨 먹죠?" 하고 묻는다면 나는 오히려 심사숙고 끝에 이렇게 대답할 것 같다.

"천만에요. 파니니를 즐겨 먹죠. 이탈리아인들의 탄수화물 공급원은 파니니예요. 파니니 없으면 이탈리아식 식사

법이란 건 없죠."

오전이든, 오후든 배가 출출하면 그들은 파니니를 먹는다. 우리 같은 여행자들은 파니니를 잘 공략하면 최고의 이탈리아식 미식의 한 단면을 맛보게 된다. 이탈리아의 맛은 바로 순수한 곡물로 만든 빵, 그래서 세상에서 제일 맛없다는 이탈리아 빵과 그 사이에 끼운 '콜드 컷', 즉 햄이나 살라미 그리고 치즈의 조화로 통쾌하게 드러난다. 정성 들인 달걀도, 요란한 마요네즈와 감자 메시 따위나 여러 장의 야채, 다양한 수산물 가공품도 없다. 달랑 맛없는 빵 사이에 치즈나 햄이 끼워져 있는 것이다(간혹 세 가지가 함께 들어 있는 경우도 있지만 흔하지는 않다).

이탈리아 요리 학교에 다닐 때의 일이다. 학생 주임이 일과가 끝날 무렵 이렇게 말했다.

"내일 그라나 파다노 치즈 공장에 견학 갑니다. 밥은 도시락으로 준비했습니다."

야호! 도시락이다. 김밥은 아니더라도 여러 가지 이탈리아 요리가 그럴듯한 은박 도시락에 담겨 있는 모습을 상상했다. 그래, 이탈리아의 도시락은 어떤 건지 맛을 보는 거야. 뜨거운 아메리카노 정도는 보온병에 담아 오겠지. 은박 도시락엔 음, 닭고기나 따뜻한 라자냐가 들어 있고 운이 좋다면 스테이크 조각이 들어 있을지도 몰라. 샐러드는 따로 드레싱을 쳐서 담아주겠지? 디저트도 있을 거야. 복숭아가 제철이니 초콜릿을 뿌린 복숭아 오븐 구이가 제격이지. 나는 차츰 흥분했다. 학교에서 도시락을 만드는 걸 보지 못했으니, 다른 곳에 주문이라도 했을 거야. 한국에서 그렇듯이 말이야.

다음날, 보따리가 버스에 실리는 걸 보았다. 그리고 버스가 달리는 와중에 점심 시간이 됐다. 학생 주임이 적당히 국도변의 잔디밭에 학생들을 풀어놓고 도시락을 돌렸다. 으응? 이게 뭐지. 평소 학교에서 만드는 그 맛없고 끔찍한 치아바타 사이에 차가운 생햄, 즉 프로슈토가 한 장 달랑(맹세컨대 상추 한 장, 플라스틱처럼 거지 같은 치즈 한 장 들어 있지 않았다. 소스? 웃기지 마시라) 들어 있었다. 학생 주임이 맹물에 파니니를 물어뜯으며, 어이없어하는 내게 말했다.

"Cosa? Sei male?(왜? 어디 아파?)"

아팠다. 정말 아팠다. 이탈리안 피크닉 도시락에 대한 기대감이 산산이 이탈리아 국도변의 어느 잔디밭에서 부서졌다. 그게 바로 이탈리안 파니니라는 걸 배웠다. 뭘 자꾸 넣지 않아서 더 이탈리안다운, 간결해서 알고 보면 더 무궁무진한.

그런데 우습기도 했다. 배가 고파 그 차가운 빵을 물어뜯는데, 어어? 묘하게 맛이 있는 것이었다. 곡물의 구수한 맛, 프로슈토의 감칠맛과 달콤한 즙이 입안에 고였다. 그 조화도 놀라웠다. 짠맛과 빵의 곡물 맛이 서로 뒤엉켜 새로운 맛을 만들어냈다.

여행을 하면서 나는 언제든 파니니를 찾는다. 가까운 바에는 늘 파니니가 잔뜩 있다. 집집마다 다른 빵과 다른 살라미, 프로슈토를 쓴다. 치즈도 다양하다. 이탈리아적인 미식, 그 시작은 파니니라고 나는 감히 말한다. 그걸 하나 베어물며 걷는다. 우리는 모두 이탈리아에 더 가까워졌다. 나는 이렇게 바에서 외친다.

"센타, 두에 파니니 델라 카사 페르 파보레(이보슈, 이 집 특제의 파니니 두 개 내놓으슈)."

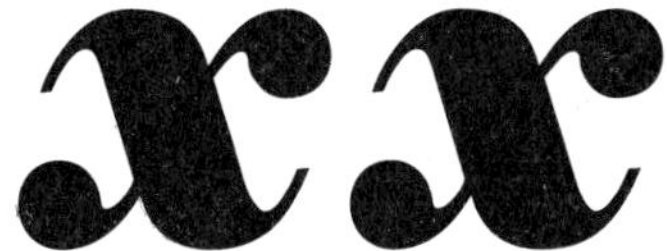

요리가 곧 사람이 아니고 무엇이랴

조르지오 아르마니 슈트를 3백 유로가량에 팔더라는 얘기를 어떤 잡지에 쓴 적이 있다. 그랬더니 독자들의 문의가 빗발(?)쳤다. 정말 3백이냐, 3천을 잘못 본 거 아니냐부터 그거 파는 가게 주소 좀 알려달라는 부탁까지 있었다. 한 친구 녀석은 "아무에게도 알려주지 말고 내게만 살짝"이라며 '찜'을 하기도 했다. 물론 사실이다. 그 말도 안 되는 가격이 맞다. 그런데 유행이 좀 지난 것일 테고(그래도 검정색 슈트는 유행을 별로 안 타긴 하지) 미끼 상품일 가능성이 크다. 게다가 사이즈가 다양할 리도 없고…… 그렇지만 이탈리아에서 직접 사는 명품이 싼 건 분명하다. 요새는 무슨 해외 쇼핑 구매 대행이라는 것도 있어서 알 만한 사람은 다 아는 이야기가 되었지만 말이다.

이탈리아가 명품 천국이 된 데에는 여러 이유가 있을 것이다. 소규모의 가족 생산 시스템으로 독창적이고 세련된 디자인을 유지할 수 있는 점, 명품의 기반이 되는 섬유와 가죽 산업이 발달된 환경 등이겠다. 그렇지만 나는 '남과 같은 건 죽어도 싫어하는' 이탈리아인들의 특성이 많은 영향을 끼쳤다고 생각한다. 명품이 뭐냐? 길 가다가 나랑 똑같은 옷을 입고 있는 사람을 만나는 당황스러운 상황을 모면하게 해주는 장치 아닌가. "옥션 9,900원 무료 배송 티셔츠"는 반드시 같은 옷을 입은 사람을 만나게 된다.

명품은 그래서 비싸다. 품질이 좋아서 비싸고, 역설적으로 비싸기 때문에 명품이기도 하다. 애초에 명품은 소량 생산하게 마련이고, 같은 옷을 만날 확률은 옛 애인을 소개팅에서 다시 만날 확률 정도밖에 안 되는 것이다(적은 양이 그것도 전 세계로 배급된다는 걸 염두에 두시라). 그런데도 이 명품이 한국에서는 '희소성의 원칙'을 종종 잃어버린다. 어느 연예인이 무슨 가방을 들었다고 하면 우르르, 그 가방을 사들인다. 아아, 그 연예인의 '간지와 스탈'은 당신 것이 아님을 왜 몰랐는지.

신용카드로 18개월 할부를 긁거나, 적금 깨서 명품 사는 분들에게 미안하지만 명품 쇼핑이란 이렇게 화끈하게 하는 거구나 하고 깨닫게 해준 경험이 있다. 내가 로마의 스페인 광장 앞에서 뭔 일인지 어슬렁거리고 있을 때였다. 한 한국인 남자가 오더니 내게 쇼핑을 좀 도와달라고 했다. 난 처음에 그가 중국인인 줄 알았다. 목에는 금사슬(목걸이가 아니라 체인급의)을 여러 겹 걸치셨고, 금반지와 금시계를 주렁주렁 달고 있었기 때문이다. 사람의 목이 하나고 손은 두 개밖에 없다는 것이 얼마나 다행이던지. 그는 자신이 영어와 이탈리아어를 못하니 모 상점에서 쇼핑을 할 때 질문을 해달라는 요지였다. 그 상점은 일본인 점원은 고용하고 있었지만 한국인은 없었다. 결국 '백 유로'의 수고비를 받기로 하고, 상점에 들어갔다. 그쪽의 명품 숍은 좀 특이한데, 키 크고 잘생겼으며 턱이 멋진 남자 직원이 초입에 서 있다는 점이다. 사실, 그는 보안 요원의 역할을 하는 것으로 보인다. 그의 심사를 통과해서(아저씨의 목에 걸린 강력한 체인과 아주머니의 풀 셋업 명품의 약발로) 안에 들어섰다. 내가 백 유로를 받기까지 치른 수고이자 통역은 딱 두 마디였다.

"이게 전부 얼마죠? ……애프터서비스는 되나요?"

그들은 당시 그랜저 두어 대 값의 명품들을 싹쓸이로 쓸어 담았고, 내가 받은 백 유로는 그 상품에 붙은 종이 태그 값 정도도 안 되는 돈이었다.

다들 알고 계신지 모르겠지만, 이탈리아 명품은 세련되고 아름답기는 하되, 내구성이 좋아 보이지는 않는다. 마치 이탈리아 남자 같다. 깎은 것처럼 생긴 녀석들이 겨우 스파게티 요리법을 가르쳐준다고 하며 관광지에서 아시아 여성들에게 하룻밤을 구걸하는 꼴을 보면 딱 그런 뉘앙스가 풍겨난다. 내가 딱 한 벌 샀던 한 명품 브랜드의 양복도 그랬다. 번드르하고 날렵했지만, 허리띠 고리가 금세 떨어져나갔다. 내가 이런 얘기를 아무개 명품족에게 했더니 그녀는 웃었다.

"그럼 튼튼한 영국제를 사세요."

내가 아무리 유행에 민감하지 않은 사람이라도, 양복 깃은 자그마치 한 뼘 너비이고 강호동 허벅지도 너끈할 영국제 바지는 사지 않겠다고 하자, 그녀가 '바로 그거야'라는 표정으로 나를 비웃었다. 당신도 디자인을 위해 내구성 따위는 포기하는 거 아냐? 뭐 그런 표정이었다.

"어떻게 저런 예쁜 디자인을 할 수 있지!" 하고 감탄하게 되는 명품도 여러 번 쓰다보면 그게 그거 같고 덤덤해진다는 사람들이 많다. 내구성은 아직 짱짱하지만 그걸 걸치거나 들고 다니고 싶지는 않다. 맞다. 그러니까 상품인 거다. 상품의 속성은 싫증이든 고장이든 유행의 변화든(그 유행이라는 것도 결국은 패션쟁이들이 만들어내는 환상이건만) 사람들의 외면을 받아야 유행이 돌아간다는 거다. 압구정동에 즐비한 중고 명품점들이 그 속성을 적나라하게 보여주는 셈이다. 혹시 그런 상점에 가본 적 있나. 심지어 태그도 안 뗀 상품도 있다. 도대체 왜 중고 진열대에 놓여 있어야 하는지 도무지 이해가 안 가는 것도 많다. 기껏 무료배송과 원 플러스 원에 혹해 샀다가 한 번도 안 신고 처박아둔 당신의 요란한 망사 스타킹과는 격이 다른 것들이다.

발터 벤야민이라는 독일의 철학자가 있다. 그가 해시시에 관한 실험을 정리한 책을 낸 적이 있다. 한국에도 『해시시 클럽』이라는 이름으로 번역되어 있다. 그 내용 중에 해시시에 취하면 상상 속에서 화로가 고양이가 되고 책상을 정리하다가 생강이란 말을 떠올리면 채소 가판대가 등장한다는 내용이 있다. 환각 효과가 제법 강하다. 해시시는 대마에서 분리한 약물이니까 대마의 일종이라고 해도 되겠다. 나는 이탈리아의 한 시골 도시에서 살 때 하루 종일 이 냄새에 취해 있었다. 그렇다고 내가 해시시를 했다는 건 아니고, 동숙하는 녀석들이 아주 골초였기 때문이다. 작은 집에 자그마치 대여섯에서 일고여덟 명의 이탈리아 놈들이 같이 살았다. 숫자가 이렇게 유동적인 것은 며칠 묵다가 가고, 또 딴 놈이 오고 했기 때문이다. 물론 그중에는 여자도 있어서 하나뿐인 샤워장 앞에서 속옷 차림의 그녀를 보고 소스라치게 놀라곤 했다. 녀석들은 심심하면 발음도 괴상하게 영국의 팝을 기타로 연주하면서 해시시를 피웠다. 성냥대가리만한 해시시 조각을 라이터로 녹여서 담배에 섞어 피우는데, 특유의 풀 냄새가 비리다 못해 구역질이 날 정도였다. 눈가가 시뻘게질 만큼 기분이 좋아진 녀석들은 영국식과 이탈리아식 발음을 섞어 되도 않는 팝송을 열창했다.

“썬다이 몬다이 에브리다이 아이 엠 웨이팅그 이 기얼~”

한번은 소설 쓰는 김중혁과 지금 뚜또베네라는 청담동 식당의 셰프인 이재훈과 함께 이탈리아를 실실 돌아다닌 적이 있었다. 시에나에 도착해서 식당을 찾고 있는데, 몇 녀석들이 내게 왔다. 눈가가 시뻘건 것이 이미 두어 대 피운 요량이었다. 안색도 그렇고 몸짓이 어설프고 대책이 없어 보여서 얼핏 보면 술을 마신 것 같은데, 냄새가 나지는 않았다. 이탈리아에선 대낮에 술에 취해 얼굴이 상기되어 돌아다니는 경우가 극히 드물다. 대부분 약이나 대마에 취한 것이다. 그 녀석이 "카라테? 나카무라?" 어쩌구 시비를 걸어 곤란했던 것이다. 그렇지만 내가 본 수많은 대마쟁이들은 그걸 피웠다고 난폭해지거나 남에게 시비를 걸지 않는다. 그냥 '책상이 고양이로 변하고 생강이 등장하는 상상'을 하면서 즐길 뿐이다.

한 이탈리아 친구는 해시시의 효과(?)를 이렇게 설명했다.

"갑자기 커다란 벵골 호랑이를 떠올렸어. 그랬더니 녀석이 입을 쩍 벌려 내 대가리를 깨물려고 하지 뭐야. 누렇고 커다란 송곳니가 생생하게 보이고, 심지어 썩은 듯한 입 냄새도 나더라니까."

대마초보다 아마도 각종 약물, 그러니까 코카인류가 이

나라에선 더 문제인 것 같다. 열몇 살짜리 소년 소녀가 약에 취해 오토바이(얘네들의 필수품이다)를 타고 가다가 사고로 죽었다는 뉴스가 늘 시끄럽다. 정부에서는 아예 열네 살 이상의 청소년이 오토바이 면허를 따려면 약물 검사를 필수로 받게 하겠다고 나섰다.

듣자 하니, 유럽에선 교도소에 수감된 마약범에게 속옷류가 반입되지 않는다고 한다. 젖은 옷에다가 마약을 풀어 말린 후 넣어줘서, 마약범이 그걸 물에 넣어 녹인 후 이용한 일이 있고 나서부터라고 한다. 어쨌든 순라꾼 열이 도둑 한 명을 못 막는 법이다. 대도시마다 광장 구석의 골목에서는 애들이 여전히 약에 취해 해바라기를 하고 있으니 말이다. 일자리는 없고(유명한 『1천 유로 세대』라는 책은 바로 이탈리아 작가가 썼다) 불투명한 미래에 자신을 걸어볼 기회조차 없으니 청소년들이 대마나 마약을 찾는 셈이다.

고백하자면, 나는 한때 '토스카나 요리'라는 걸 내걸고 밥을 판 적이 있다. 젠장, 토스카나가 얼마나 넓은데. 우리 눈에는 그 요리가 그 요리 같지만 현지인이 보면 엄밀히 요리 스타일이 다르다. '나폴리 요리 전문'이라고 하면서 발사믹 식초를 떡하니 뿌리는 짓을 했다가는 금세 들통이 나게 마련이다. 파스타도 지역별로 각각의 개성을 갖는다. 우리 눈에는 비슷해 보여도 다 미세한 차이가 있다. 지역 요리에는 각기 다른 지방의 역사와 사람의 손때와 표정이 숨어 있다. 그리하여, 누대로 걸쳐 그 요리에 쌓이고 쌓인 인간의 흔적이 생생이 접시 위에서 숨 쉬게 된다. 남도 요리는 누가 봐도 남도의 지형과 기후와 사람의 성정을 반영한다. 서울이나 개성 요리는 그 깍쟁이다운 깔끔하고 군더더기 없는 맛을 보여주는데, 요리가 곧 사람이 아니고 무엇이랴.

그래서 이탈리아 요리의 복잡하고 다양한 세계를 들여다보려면 참으로 많은 시간과 공력이 들게 된다. 맛은 비슷비슷해도 구운 빵의 스타일만 봐도 남북 2천 킬로미터만큼의 차이가 존재한다. 알리오 올리오와 크림소스의 탈리아텔레 파스타 사이에는 도저히 같은 민족이 만들었다고 생각하기 어려운 요단 강이 흐른다. 각기 다른 개성을 최고로 치는 이탈리아의 여러 지방 요리를 그냥 '이탈리아 요리'라는 이름으로 한 데 모아 파는 식당은 사실 인터내셔널 식당에 가깝다. 이탈리아 지도와 역사를 조금이라도 아는 사람이라면 고개를 끄덕거리게 될 것이다. 그냥 이탈리아 요리라고 뭉뚱그리지 말자는 정도가 아니라, 개성 강한 지역 요릿집들이 한국에도 생겼으면 좋겠다. 한식－전라도식－전주식, 점점 좁아지는 카테고리마다 요리의 개성이 더 강하게 살아난다. 나는 시칠리아 요리를 주로 했는데, 아직 그 지방다운 요리는 사실상 선보이지 못했다. 크림소스와 카르보나라를 찾는 손님들에게 시칠리아 요리는 너무도 먼 나라의 요리 같기 때문이다.

오래전, 이탈리아에 첫발을 디딜 때가 생각난다. 요리 학교의 기숙사에서 첫 밤을 자고, 새벽에 일어나 걷던 피에몬테 시골의 고즈넉한 산길을 추억한다. 나무는 새벽에 일어나 생생하고 신선한 입김을 내뿜어 나의 코를 마비시켰다. 그 냄새가 지금, 이 긴 여행을 마치는 순간에 기억난다. 그리고 이탈리아의 수많은 부엌에서 맡았던 냄새도 떠오른다. 아무것도 모를 때는 동경했고, 조금 알 때는 증오했으며, 제법 많이 알게 된 지금은 이해하게 된다. 이탈리아는 그런 나라다. 오늘 점심은 좋은 와인 한잔에 파스타를 선택하는 게 나쁘지 않을 것 같다. 이탈리아를 여행할 모든 분에게 바친다. Grazie molto, In bocca al lupo!(고맙습니다, 행운을 빌어요!)

책을 내면서

모두들 무사히 다녀오기를!
그리고 이태리를 먹어치우기를!

내가 이탈리아와 인연을 맺게 된 건 아주 우연한 계기로 인해서다. 지금은 성형외과 의사가 되어 남의 눈과 코를 째고 있는 한 친구의 꾐 때문이었는데, 그와 함께 학교 수업을 제끼고 서소문의 호암아트홀로 영화를 보러 갔던 것이다. 지금도 엔리오 모리코네의 주제가가 귓가에 맴도는, 그 멋진 영화는 나를 사로잡았다. 개봉 초라 넓은 홀을 덜렁 두 명이 독차지하고 있던 기억이 난다. 어쨌든 〈시네마 천국〉은 국내에서도 크게 히트를 쳤고, 나는 시중해와 이탈리아에 풍덩 빠지고 말았다. 〈일 포스티노〉 〈지중해〉 〈그랑

블루〉 같은 영화들이 연달아 개봉했고, 나는 혀를 빼물고 스크린에 고개를 처박았다. 뭐, 그런 거 있지 않나. 맹목적으로 어떤 한심한 열정이 복받치는 순간들. 특히 〈그랑 블루〉에 나오는 어마어마하게 양 많고 맛있어 보이는 해물 스파게티는 아직도 내 인생의 로망으로 자리잡고 있을 정도다(어디 해변에서 여름 한철 해물 스파게티를 먹으며 비키니 감상이나 하고 싶거든).

하필 여동생도 대학에서 이탈리아어를 전공했고, 운 좋게 신혼여행도 로마로 다녀왔다. 한마디로 나는 얼치기 이탈리아 '전문가'가 되고 말았던 것이다. 요즘처럼 인터넷이 없던 시절, 주위에서 이탈리아 여행을 가려는 이들은 『세계를 간다』를 한 권 사고는 내게 전화를 걸었다.

"자, 이제 이탈리아를 어떻게 가야 하지?"

결국, 나는 다니던 잡지사를 그만두고 기어이 이탈리아로 요리 유학을 떠났다. 이 대목은 여러분도 아는 얘기다만, 한 가지 비밀이 있다. 이탈리아행 비행기에 오를 때 아내에게 나는 이렇게 구라를 쳤다.

"한 석 달 파스타를 배워오면 우리 식구는 평생 펑펑 돈을 쓰면서 살 수 있을 거야!"

그러던 게 1년이 되고, 결국 3년 가까이 이탈리아에 빌붙어 살게 됐다(물론 귀국해서 돈도 쥐꼬리만큼만 가져다줬다). 그 땅에서 틈나는 대로 여행을 다녔다. 이탈리아는 여행에 최적화된 나라다. 기차와 도로망이 잘 발달해 있고, 상식과 몰상식이 적당히 교차한다. 여행자들에게는 이 적당한 몰상식이 오히려 도움이 된다. 추억도 만들고, 골목에서 급하게 용변을 볼 수도 있으며, 밥값을 안 내고 도망치다 걸려도 동정을 구할 수 있기 때문이다. 게다가 워낙 제스처에 밝은 이들이라 손짓 발짓도 다 알아듣고, 음식도 맛있으며, 여행 경비가 많이 들지도 않는다(노르웨이처럼 숨만 쉬어도 돈이 드는 나라가 있지 않은가). 이탈리아는 화수분 같은 재미를 내게 안겨주었다. 국토는 넓었고, 여행은 끝이 없었다. 얼마나 땅이 넓은가 하면, 저 북쪽 사람과 남쪽 사람이 만나면 통역이 필요하던 시절도 있었다고 한다. 인종도 이탈리아 반도처럼 다양한 곳이 드물 것이다. 고트족과 게르만족이 사는 북쪽부터 그리스와 스페인 혈통이 뒤섞여 있는 남쪽까지, 이탈리아는 한마디로 카오스다. 그 난리 통에 슬쩍 섞여들어 이방인으로 구경하는 재미가 만만치 않다. 자, 준비됐는가. 그러면 떠나면 된다. 기왕이면 공포의 경유지 대기 여덟 시간짜리 싸구려 항공권이 좋겠다. 인터넷 검색을 해보면 알겠지만 로마나 밀라노에 닿는 법은 영이가 철수에게 과일을 나눠주는 경우의 수보다 훨씬 많다. 어떤 건 102시간이 걸리는 것도 검색이 되더라는…… 검색 엔진은 바보라는 게 분명한 사실. 어쨌든 그 나라에 닿는 순간, 당신이 비명을 지르게 될지도 모르지만(이놈의 나라에 도대체 내가 왜 온 거지? 내 짐 찾아줘!) 그래도 곧 사랑스러워질 것이다. 얼치기 알바생이 아닌 진짜 바리스타가 뽑아주는 카푸치노가 불과 1유로이고(젠장할 6백 칼로리 카라멜 마키아토도 없으니 더 좋고) 거리의 남자들은 모두들 최소한 디카프리오처럼 생겼으니까. 더구나 그 녀석들이 당신에게 침을 질질 흘리면서 구애까지 한다니까(헤이 걸, 스파게티 만드는 법을 알려줄게).

•

이 책은 멋진 잡지 『엘라서울』에 연재되었다. 그 기간 동안 도저히 요리를 할 수 없을 만큼 전화가 빗발쳤는데, 대체로 이런 것들이었다.

"그러니까, 이태리를 가라는 거야 말라는 거야?"

책 서두에는 이태리 관광청의 표창을 받아야 하느니 뭐

니 떠들었지만 정말 이태리 정부나 이태리 사람들이 이 책을 보면 화를 낼지도 모른다. 그러나 믿건대, 그들이 끝까지 책을 읽는다면 사랑스러워하고 너그러워질 것이라고 믿는다. 사람들이 모든 게 똑부러지고 원칙대로 잘 지켜지는 독일보다 모든 것이 12시 5분인 이태리에 더 가고 싶어하는 것과 같은 이유에서다. 사람들은 이태리에서 투덜거리면서도 그걸 즐긴다. 범생이조차 "개판이군" 하면서 짝다리를 짚고 침을 찍 뱉는 자신의 모습을 발견하곤 놀라게 되는 환상의 나라니까 말이다. 그렇지만 식당이나 피체리아에서 주문 후 두 시간이 지나도 음식이 나오지 않으면 과감히 일어서라. 독일 사람 같으면 "앞으로 23분 후면 음식이 도착합니다"라고 진실을 이야기하겠지만 이태리에선 어림도 없다. 그들은 이렇게 말한다. "아휴, 곧 나온다니까요!" 그러고 보니 그 말, 어디서 많이 들었는데?

•

글쎄, 이걸 안 하고 이탈리아를 돌아다니면 재미없지.

진짜 이태리를 만나는 박찬일의 버킷 리스트

• 새벽 7시, 피렌체 중앙시장에서 현지인들 틈에 껴 카푸치노

사먹기(이게 진짜 카푸치노닷!).

- 피렌체나 토스카나 시골에서 어마어마한 크기의 2킬로그램짜리 비프 스테이크 먹기(와인은 그냥 카라프에 담아주는 하우스 키안티 1리터!).
- 로마 테르미니 역 갤러리에서 미술 전시회 보기(카라바조의 걸작들을 단돈 5유로에 혼자서 감상한 행운을 누린 적이 있음).
- 로마 의사당이나 수상 관저 앞 경비 군인 옆에서 사진 찍기(독일 같으면 엄두도 못 낼).
- 로마 스페인 광장에서 젤라토 먹기(으흑, 난 지금까지 속아 살아온 거야!).
- 시스티나 성당에 누워서 미켈란젤로의 〈최후의 심판〉 보기(그도 누워서 그렸다니 고통 분담 차원에서).
- 베니스 산마르코 광장 옆 해리스 바에서 진짜 카르파초 먹기(비싸니 각오하실 것).
- 같은 곳에서 벨리니 칵테일 마시기(졸라 불친절하다고 악명 높음).
- 산마르코 광장의 악명 높은 피아노 카페 플로리안에서 바가지 안 쓰고 단돈 2유로에 커피 마시기(현지인들처럼 서서 마시면 됨).
- 리알토 다리 근처에서 열리는 현지인의 해물 시장 구경하기

(근데 사가지고 호텔에서 회는 뜨지 마시라).

- 베네치아의 명물 오징어 먹물 리조토 먹기(생각보다 짜고 맛없을 수도).
- 포도 수확철에 시에나–피렌체 국도 드라이브하기(반대편 차선에서 두 손 놓고 운전하는 녀석들을 조심하시고).
- 토스카나의 시골 와이너리에서 포도 수확 체험하기(이거, 가능하다. 9월 중순에서 말까지 몰려 있으니 사람이면 대환영하는 분위기).
- 안개 낀 11월에 피에몬테 알바의 구릉 드라이브하기(판타스틱! 이 말이 절로 나오는).
- 아말피 해안에서 곡예운전하며 친구와 핸드폰으로 잡담하는 기사가 모는 시외버스 타기(영화 〈페드라〉 찍을 수도).
- 제노바에서 바질 페스토 스파게티 먹기(짠돌이 제노바 사람들 구경도 하고. 베니스 상인 앞에서 돈 자랑하지 말고 제노바 상인 앞에서 주먹 자랑하지 말라는…… 이게 뭔 소리?).
- 산레모의 광장에서 〈논 오레타 non ho l'eta〉 부르기(유투브로 검색해서 흑백 필름으로 그 소녀의 노래를 들어보면 내가 왜 이 말 하는지 알 거라는).
- 피에몬테의 와이너리에서 바롤로와 모스카도 다스티 마시기(맞다, 당신이 좋아하는 그 다스티다. 겁나 싸다).

- 북부에서 24시간짜리 침대 기차 타고 시칠리아 건너가기(비상 식량을 꼭 준비하시라).
- 시칠리아 팔레르모에서 송아지 내장으로 만든 햄버거 먹기(제발 "불쌍한 송아지" 하지 마시라. 먹을 건 다 먹으면서).
- 한여름, 시칠리아에서 그라니타셔벗 먹기(이게 젤라토의 원조다).
- 시칠리아에서 참치잡이 어선 타기(멸치잡이 어선에 팔려 가는 것보다는 나을 수도).
- 겨울 시칠리아에서 기막힌 블러드 오렌지 먹기(값도 말이 안 되게 싸고 맛은 기절).
- 피에몬테의 전통 식당에서 소 고환 튀김 먹기(남자라면 암소 젖꼭지 튀김도 있다).
- 볼로냐에서 진짜 볼로네제 소스 파스타 먹기(으흑, 지금까지 내가 먹어온 건 가짜였어!).
- 파르마에서 진짜 프로슈토와 파르메산 치즈 먹기(살살 녹는다).
- 카프리 섬에서 카프레제 샐러드 먹기(발사믹 드레싱 뿌린 건 가짜라는 사실을 알게 된다).
- 나폴리에서 어린애 머리통만한 레몬으로 짠 주스 먹기(한 개면 레모네이드 두 잔은 나온다).
- 나폴리에서 마르게리타 피자 먹기(볼로네제의 피자 버전으로

알아서 이해하시길).

- A1 고속도로에서 페라리 타고 2백 킬로미터 밟기……(제길, 단속 경찰도 잘생겼어).

모두들 무사히 다녀오기를! 그리고 이태리를 먹어치우기를!

•

이 글을 받아주었던 멋진 잡지 『엘라서울』의 천재 국장 문일완과 신유진 편집장, 담당이었던 서울 삐삐 김혜진 기자와 부에나 비스타 소셜 클럽 주인 강보라 기자, 내게 제대로 일하는 법을 알려주신 최초의 인류 최옥선 국장, 이탈리아의 숨겨진 진면목을 보여주신 이태리 관광청 서울 사무소의 김보영 소장께 특별한 감사를 드립니다.

어쨌든, 잇태리

초판 1쇄 인쇄 : 2011년 10월 10일
초판 1쇄 발행 : 2011년 10월 25일

지은이 : 박찬일

펴낸이 : 강병선
편집인 : 김민정

편집 : 정세랑
독자 모니터 : 전혜진
디자인 : 이기준
사진 : 최갑수

마케팅 : 신정민 서유경 정소영 강병주
온라인 마케팅 : 이상혁 한민아 장선아
제작 : 안정숙 서동관 김애진
제작처 : 영신사

펴낸곳 : (주)문학동네
출판등록 : 1993년 10월 22일
제406-2003-000045호
임프린트 : 난다

주소 : 413-756 경기도 파주시 교하읍 문발리 파주출판도시 513-8
전자우편 : nanda@nate.com / 트위터 : @nandabook
문의전화 : 031-955-2656(편집) 031-955-8890(마케팅) 031-955-8855(팩스)

ISBN : 978-89-546-1619-5 03810

이 책의 국립중앙도서관 출판시도서목록(CIP)은 e-CIP 홈페이지(www.nl.go.kr/cip)에서 이용하실 수 있습니다.(CIP 제어번호 : CIP2011003893)

www.munhak.com

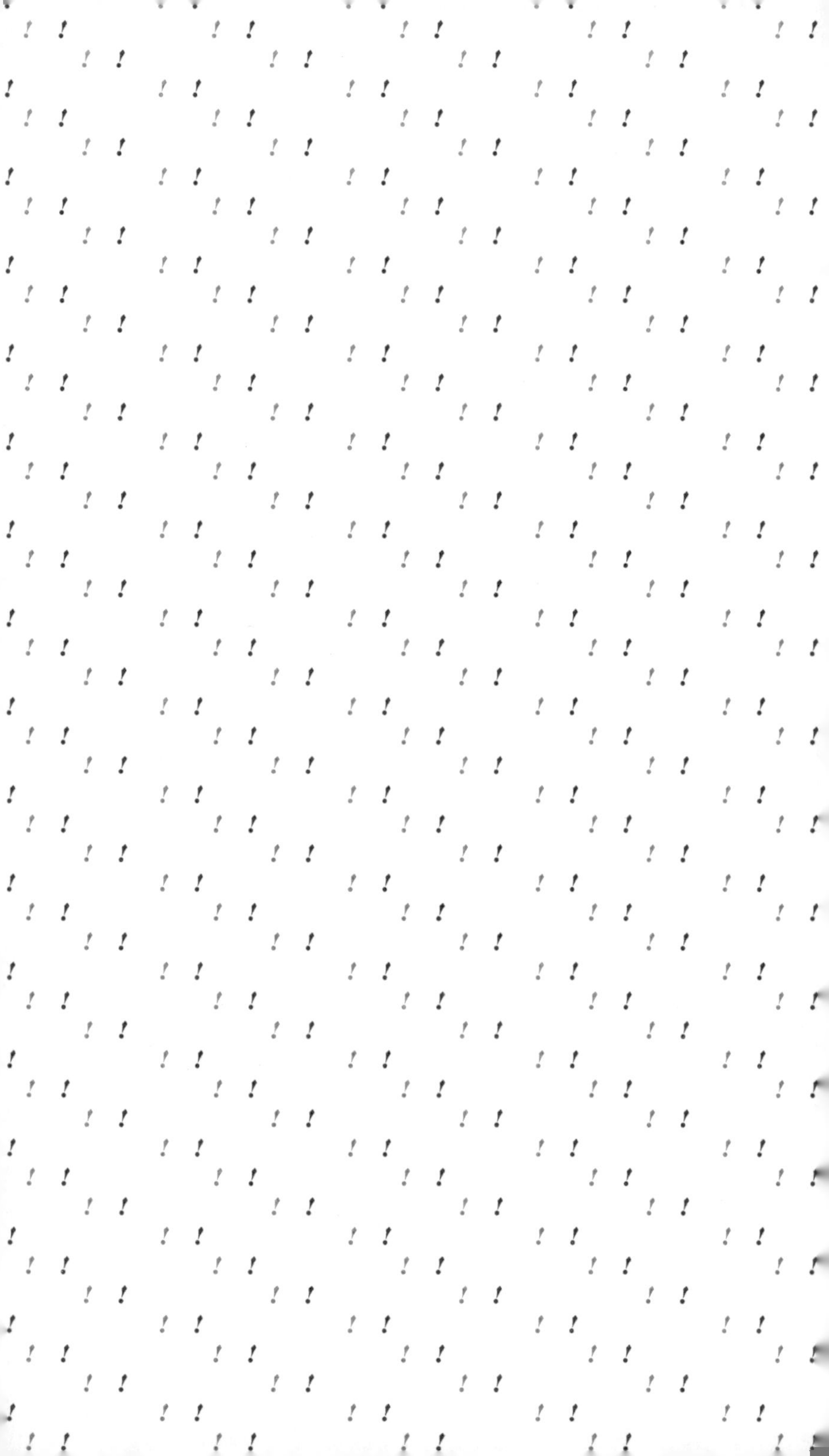